평범한
것들에 대한
사랑

평범한 것들에 대한 사랑

정영삼 지음

30여 년간 투병 생활을 통해 얻은
'마음의 병' 치유 방법과
예방 방법을 생생히 기술했다

전 세계가 '마음의 병'을 앓고 있다

머리말

이 책은 1988년 『노이로제 이렇게 고쳤다』로 출간되었고, 2001년 『내면 전쟁』으로 출간되었으며, 이번에 『평범한 것들에 대한 사랑』으로 개정판이 출간되었다. 의학 용어는 백과사전을 참조했음을 밝혀 둔다.

현대인들이 가장 많이 앓고 있는 질환 가운데 하나가 '마음의 병', 즉 신경증(神經症) · 심신증(心身症)이다.

심리적 원인에 의해 발생한 정신적 증세를 신경증(노이로제)이라고 하며, 심리적 원인에 의해 발생한 육체적 증세를 심신증(신체형 장애 또는 정신 신체증)이라 한다. 신경증과 심신증은 병원에서 아무리 진찰을 하고 검사를 해도 기질적(器質的) 이상을 발견할 수 없다. 신경증과 심신증은 심인성(心因性)으로서 그 뿌리는 같다.

신경증에는 우울증, 강박증(강박 사고 · 강박 행동), 사고 · 독서 곤란, 불면증, 기억력 · 주의력 · 집중력 감퇴, 불안증, 공황 장애, 광장 · 폐소(閉鎖) · 사회 · 대인 · 고소 · 시선 · 적면 · 소음 공포증 또는 무슨 무슨 공포증, 불감증, 건강 염려증, 무기력증, 충동 · 분노 조절 장애 등등이 있다.

심신증은 내과를 비롯한 각 과에 걸쳐 일어나는 여러 가지 육체적 증세들로서 두통, 복통, 요통, 흉통, 복부 팽만, 위궤양, 십이지장 궤양, 소화 불량, 구토, 구역질, 설사, 변비, 월경 불순, 생리통, 관절통, 성(性)기능 장애(발기 부전증, 조루증 등), 어지러움, 가슴이 답답하고 심장이 두근거림, 춥고 떨리는 등 다양한 증세가 있다.

의학 보고서에 의하면, 현대인 10명 중 3명꼴로 이 마음의 병에 시달리고 있다고 한다. 이 질환은 고도로 발달한 현대 의학으로도 치유하는 데에 어려움을 겪고 있다.

전 세계가 이 '마음의 병'으로 고통받고 있다고 한다.

필자도 어린 시절에 각종 마음의 병(신경증·심신증)에 걸려 30여 년간 백방으로 치료를 받았으나 치유되지 못했다. 그러다가 스스로 '앎'을 얻어 그 길을 따라 실천에 옮긴 결과 그 난공불락(難攻不落)의 성(城) 같던 제반 증세를 퇴치하고 건강을 다시 찾았을 때, 다시 태어난 자신을 보고 얼마나 기뻐했는지 모른다.

필자의 투병 경험이 지금도 남들은 이해할 수 없는 마음의 병으로 고통받고 있는 모든 분에게 도움이 되었으면 하는 마음에서 이 책을 썼다.

이 책에는 필자의 지난 30여 년간의 마음의 병과의 사투(死鬪)와 투병 생활에서 얻은 '앎'이 고스란히 담겨 있다.

이 책은 2부로 구성되어 있다.

1부는 마음의 병을 얻고 난 후의 생활사와 투병 기록이다.

2부는 "앎"을 얻어 가는 과정과 그 실천 과정의 기록이다.

이 마음의 병, 즉 신경증·심신증 모든 증세는 심리적 원인에 의한 결과이다. 그 결과를 아무리 고쳐 보았자, 그 결과를 생기게 하는 심리적 원인을 없애지 않는 한 그 결과는 계속 나타나게 마련이다. 그 심리적 원인을 없애는 내용을 2부에서 자세히 밝히고 있다.

완전·완벽을 추구하는 현대 사회를 살아가는 현대인들에게, 그러한 환경에서 살아가는 현대인들에게는 어느 시대보다 더욱 이 '마음의 병' 발생 요인이 내재하고 있다. 그러한 요인을 알고, 이 '마음의 병'을 예방해야 하는데, 그 예방 방법을 필자의 투병 생활에서 얻은 '앎'을 통해 또한 2부에서 상세히 서술하고 있다.

지금까지 필자를 지켜 준, 그리고 이 책이 세상에 나오게 해 준 아내에게 모든 감사를 돌리며, 필자의 병으로 인해 저 먼 이국땅에 있는 아들 원식이 두식이에게 용서를 구하면서 이 책을 썼다.

정영삼

차례

2부 내면의 승리

1부

삶과 죽음의 갈림길에서

제반 증세

　1963년 12월 나는 공군에 자원입대했다. 내가 군에 자원입대한 것은 엄격한 군 생활을 통해 내 증세들을 극복할 수 있을 것이고, 또한 군에서 주는 약이 좋으므로 군대에서 병을 고칠 수 있을 것이라는 이야기를 누군가에게서 들은 적이 있었기 때문이었다. 그리고 어차피 가야 할 군대이므로 일찌감치 가는 것이 낫다는 생각에서 공군에 자원입대했다.

　그간 나의 제반 증세는 더욱 심해져 가고 있었다.

　의식적으로 생각을 밀고 나갈 수 없는 사고(思考)의 막힘, 의식적으로 글을 읽어 나갈 수 없는 독서(讀書)의 막힘, 머리를 쑤시는 듯한 두통, 귓구멍이 막히며 쑤시는 듯이 아파져 오는 고통, 주의력·집중력 감퇴, 기억력 감퇴, 지독한 강박 증세와 완벽욕(完璧欲) 증세, 늘 초조하고 불안한 불안증, 사소한 일에도 쉽사리 감응하는 신경과민, 조그마한 소리나 소음에도 신경이 거슬리는 소음 공포증, 다른 사람의 시선을 두려워하는 시선 공포증, 다른 사람과 이야기할 때 얼굴이 붉어지는 적면(赤面) 공포증, 높은 곳에 올라가면 떨어지지나 않을까 하는 두려움에 높은 곳을 올라가지 못하는 고소 공포증, 사람을 대하기가 두려운 대인 공포증, 언젠가 심장이 멎을 것 같은 그런 두려움과 어디가 조금만 아파도 큰 병에 걸리지 않았나 하는 질병 공포증(건강 염려증), 폐쇄된 장소에 들어가면 숨이 막혀 가슴이 터질 것 같은 폐소(폐쇄) 공포증, 쓸데없는 일에도 일일이 신경이 쓰이는 소심증, 매사에 조급하고 화급한 마음, 조그마한 일에도 비관·후회·낙담, 조그마한 일에도 화를 참지 못하고 다툼과 싸움질을 일삼는 충동·분노 조절 장애, 매사 걱정 또 걱정, 의지박약, 자살 충동을 느끼는 우울증, 늘 가슴이 답답하고 두근거리는 증세, 머리가 굳어 있는 듯한 굳음 증세 등등 수많은 증세가 나에게 극심한 고통을 안겨 주고 있었다.

특히나 강박 증세와 완벽욕 증세는 말할 수 없는 고통을 나에게 안겨 주었다. 어떤 생각에 사로잡혀 거기에 계속 집착되면서 빠져나오지 못하고 고통을 당해야만 했다. 몇 번이고 문이 잘 잠겼는지, 연탄불이 확실히 꺼졌는지를 확인하고 또 확인해야만 했다. 편지 봉투에 주소를 썼는데 글씨가 마음에 들지 않아 봉투를 찢고 다른 봉투에 쓰고, 또 글씨가 마음에 들지 않아 찢고 다시 쓰고, 완벽하게 글씨를 쓰려고 수없이 찢고 다시 쓰기를 반복하다 결국 지쳐 쓰러졌다. 라디오 볼륨을 완벽하게 맞추기 위해, 책상 위에 책이나 연필 등의 위치나 배열이 아무래도 마음에 안 들어, 또 만지고 또 만졌다. 그렇게 완벽하게 하려고 애쓰다가 결국 완벽의 한계를 잊어버리고, 그래도 마음이 놓이지 않아 라디오 앞에서, 책상 앞에서 종일 떠나지 못하고 결국 얼굴과 등에 땀이 배어나면서 탈진해 쓰러지곤 했다.

군에 입대한 지도 어언 4년이 흘러갔다. 그러나 그간 엄격한 군대 생활에서도 나의 증세들은 전혀 호전의 기미를 보이지 않았다. 전속되는 곳마다 부대 병원에서 약을 타 먹고, 입원하기도 했으나 그 증세들은 더욱 악화할 뿐이었다.

군에 입대할 때, 나의 증세들과 극심한 가난에 쪼들리는 집안과 더욱이 아버지의 술주정 등 맺힌 한으로 나는 하사관(부사관)에 입대했다. 흔히 말하는 말뚝을 박았다. 그래서 아직도 제대하려면 2년여의 잔여 복무 기간을 더 채워야만 했다. 그렇게 여기저기 전속되었으며, 근무하던 비행단에서 ○○비행단으로 또 전속 발령을 받았다.

○○비행단으로 전속되어 온 후, 곧 제반 증세로 인해 부대 병원에 입원하게 되었고, 부대 병원에서 공군항공의료원으로 옮겨 입원하게 되었다. 공군항공의료원에서 두어 달 만에 퇴원하게 되었고, 또 입원·퇴원, 또다시 3차에 걸친 입원 끝에 공군항공

의료원에서 의병 제대했다.

그간 공군항공의료원에 입원해 있을 때 서울대학교 의과대학 부속병원(지금의 서울대학교병원)으로 보내져 내과 및 여러 과를 두루 거쳐 맨 나중에 신경 정신과에 가 권위 있는 교수로부터 정밀 진단을 받았다. 아무 데도 이상은 없고 단지 신경성이라면서 '강박 신경증'이라는 진단을 받았다. 공군항공의료원에 2년 가까이 입원해 있으면서 약을 그렇게 많이 먹었으나 아무 효과도 보지 못하고 나는 결국 의병 제대를 하게 되었다.

사회에 첫발을 내딛고

　막상 제대하고 나니 군복을 벗었다는 홀가분한 마음은 있었으나 병을 조금도 고치지 못하고 사회에 던져졌다는 사실이 막막하기만 했다. 이 몸으로 이 사회를 어떻게 살아간단 말인가.

　그 당시 십만 원 정도의 제대비가 나에게 주어졌다. 제대한다는 사실을 알리지 않고 제대복을 입고 불쑥 집에 나타났다. 어머니가 울면서 반기셨고 아버지는 술에 취해 아들을 맞이했다. 바로 밑의 남동생과 큰 여동생은 집에 없었고 어린 두 동생이 반가워하면서도 서먹서먹하게 나를 맞이했다.

　이웃 아주머니 한두 분이 찾아와 나를 반겼고 몇 년 전 고모부를 잃고 우리 집 바로 뒤에 움막을 치고 살고 계시는 고모님이 반갑게 나를 맞이했다. 집안은 여전히 전과 똑같은 상태였다. 나는 그날 밤 금호동 집 뒤 산마루에 앉아 거리에 명멸하는 자동차의 불빛을 바라보며 하염없이 상념에 젖어 있었다.

　제대하자마자 집부터 손보았다. 한쪽에 방을 하나 더 붙여 구멍가게를 차렸다. 이것저것 물건을 다 채우고 나니 어엿한 구멍가게가 되었다. 며칠 동안 내가 구멍가게를 운영했다. 그러다가 마장동 근처에 있는 한국전력 지점에 일용직으로 취직이 되었다. 집집마다 다니면서 기한이 다 된 전기 계량기를 갈아 주는 일이었다.

자전거가 한 대 있어야 했다. 나는 헌 자전거를 한 대 샀다. 취직이라곤 생전 처음이었다. 두근거리는 마음으로 첫 출근을 했다. 일용직원은 대여섯 명이었다. 조장은 정식 직원이었다. 우리는 자전거에 새 계량기를 싣고 그날그날 지정된 구역에서 집집마다 찾아다니며 기한이 다 된 계량기를 갈아 주었다.

그렇게 일하기를 며칠이 지나서였다. 그날도 역시 새 계량기를 자전거에 잔뜩 싣고 자동차의 물결을 요리조리 피하면서 큰길을 달리고 있었다. 심한 두통과 강박 증세가 여전히 나를 괴롭히고 있었다. 그 위험한 자동차 사이를 누비고 자전거를 타고 달리면서도 생각은 자전거에 있지 않고 강박 증세에 이끌려 엉뚱한 생각에 사로잡혀 있었다.

가슴은 불안으로 방망이질을 쳤고 호흡은 거칠고 귀는 막혀 자꾸만 입이 딱딱 벌어졌다. 의식은 있으면서도 아무리 정신을 집중하려 해도 되지가 않았다. 얼굴과 등에서는 식은땀이 흐르고 있었다.

그런 상태에서 자동차 물결 속을 달리고 있을 때였다. 갑자기 집채만 한 트럭이 내 눈앞에 클로즈업되는가 싶더니 귀청을 찢어 내는 듯한 급브레이크 소리를 내면서 급정거를 했다. 나는 순간 적으로 자전거의 양쪽 브레이크를 있는 힘을 다해 잡았다. 자전 거의 앞바퀴가 트럭의 범퍼를 들이받으면서 나는 나가떨어졌다.

순간, '죽는구나!' 하는 생각이 번개같이 뇌리를 스치고 지나갔 다. 트럭 운전사가 부리나케 달려와 나를 일으켜 세웠다. 엉덩이 가 조금 아프고 무릎과 팔꿈치가 약간 까졌을 뿐 아무렇지도 않 았다.

자전거 앞바퀴가 박살이 났고 뒤에 실은 계량기가 한두 개 깨 졌을 뿐이었다. 곧 교통순경이 달려왔고 길 가던 사람들이 웅성 웅성 모여 서서 구경하고 있었다. 자꾸만 병원으로 가 보자는 운 전사의 요청을 사양하고는 운전사와 나는 교통순경을 따라 파출 소에 갔다. 파출소에서 트럭 운전사의 이야기를 듣고 나서야 내 가 죽지 않고 멀쩡하게 된 것은 트럭 운전사의 말마따나 하늘이 도와준 기적이라는 것을 알게 되었다.

나는 온통 주의를 강박 증세에 빼앗기고 달리다가 그만 반대 차선 쪽으로 자전거의 핸들을 꺾었다. 정말 하늘이 도와 살아났 다고 하지 않을 수 없었다. 이 사건 후 자전거를 탄다는 것이 두 려워서 회사를 나갈 수가 없었다. 그래서 며칠간을 쉬면서 어떻게 할까 망설였지만 아무래도 끼니 걱정을 하는 집안 형편을 뻔히 알고 있는지라 안 나갈 수는 없었다.

　노동 일이란 것이 원래 그런 것이어서 아버지의 목수 일은 1년 내내 4~5개월 하면 많이 했다. 그것도 며칠 일하고 나선 노임 받으러 또 며칠을 쫓아다녔고, 찔끔찔끔 몇 푼씩 받아 오곤 했다. 그렇게라도 다 받으면 다행이었다.
　아버지는 한 푼 받으면 홧김에 술을 마시고 집에 들어와선 두들겨 부수며 술주정을 하셨다. 나는 점차 철이 들면서 이러한 아버지를 이해하려고 노력했다. 그러나 어린 가슴에 깊이 박힌 상처는 그리 쉽게 지워지는 것이 아니었다.

　나는 다시 회사를 나가기로 했다. 뻔한 집안 형편을 아는 나로서는 자전거를 타다 죽는 한이 있더라도 다시 회사를 안 나갈 수가 없었다. 하늘이 도와서인지 자전거를 타고 그 지독한 강박 증세에 시달리면서도 자동차 물결 속을 용케도 사고 없이 하루하루를 넘어가고 있었다. 총탄 속을 돌진해 가는 병사와 같은 하루하루였다.
　구멍가게도 잘되지 않고 해서 동네 어떤 아주머니의 권유로 가게를 집어치우고 그 자리에 미장원을 차렸다. 근방에는 미장원이 하나도 없었기 때문이었다. 미장원을 차리고 나서 얼마 후 집

나간 남동생이 돌아왔다. 집에서 며칠을 쉬게 한 후 내가 다니는 한국전력 지점에 취직을 시켰다. 내가 하는 일과 같은 일이었다.

어머니만 빼놓고는 아버지도 동생들도, 우리 집 건너편과 뒤에 사시는 두 고모님 등 모두가 내 병을 도무지 인정하려 들지 않았다. 동네 사람들도 그랬고 내가 아는 모든 사람도 그랬다.

나는 가끔 길 가다 말고 또는 무얼 하다 말고 손짓으로 허공을 그리곤 했다. 생각이 막혀 나가지 않을 때마다 손가락으로 허공을 그리면서 생각을 하려고 또는 기억을 더듬으려고 애썼다.

그런 모습을 다른 사람들이 쳐다보고 있다는 것을 알아차리면 얼른 그 짓을 그만두었다. 이것이 밖으로 나타났던 유일한 증세라면 증세였다. 물론 전문적인 의사가 볼 때는 나의 언행에 여러 가지 이상한 점을 발견할 수 있었겠으나 보통 사람들은 그것을 알지 못하고 "멀쩡한 놈이 꾀병을 앓는다."라는 식이었다. 하물며 가난과 무지에서 생활에 허덕이는 우리 가족들이 나에게 관심을 둔다는 것은 도저히 기대할 수 없었다.

그들은 장남인 내가 집안과 동생들을 책임져야 하는데 그러기 싫어서 꾀병을 부린다는 것이었다. 특히 거의 하루도 술에 취하지 않는 날이 없는, 폭언·주정을 하지 않는 날이 없는 아버지는 취중에서 곧잘 "멀쩡한 놈이 지랄한다."라고 거침없이 이야기하곤 하셨다. 그럴 때마다 어머니가 아버지의 입을 틀어막고 내가 들을세라 전전긍긍하셨다.

　나는 아버지에게서, 누구에게서라도 이런 이야기를 들을 때면 피가 곤두서는 것 같았고 그 말을 한 상대방을 죽이고 싶을 정도로 분노를 느끼곤 했다.

오대산 소금강 계곡에서

　나는 더 이상 직장을 나갈 수가 없었다. 그 지독한 강박 증세 때문에 불안해서 도저히 자전거를 타고 다닐 수가 없었다. 얼굴은 하얗게 핏기가 없어져 가고 몸은 자꾸만 여위어 갔다. 어디 멀리 휴양이나 떠나면 어떨까 싶었다. 그래서 어머니에게 이야기했고 어머니는 항상 그랬듯이 그늘진 얼굴로 이 아들의 청을 거절하지 못하셨다. 어머니가 마련해 주신 돈과 간단한 보따리를 들고는 길을 떠났다. 제대한 지도 어느덧 1년이 다 되어 가고 있던 가을이었다.

　어느 누군가로부터 강원도 오대산에 있는 소금강 계곡이 좋다는 이야기를 들었다. 그래서 그곳으로 갔다. 단풍이 물들어 가는 계곡 정취는 정말 아름다웠다. 태곳적 바위들이 여러 가지 형상을 하고 여기저기 자리 잡고 있었다. 수정같이 맑디맑은 계곡물이 그 바위들을 이리 돌고 저리 돌며 좔좔 흘러가고 있었다.

　계곡 중간에 있는 민가에 한 달쯤 있기로 했다. 처음 2~3일간은 계곡에 반해 경치 구경하느라 그런대로 지냈으나 그다음부터는 적적하고 고독하기 그지없었다. 조용한 방에 혼자 있노라면 갖가지 잡념과 강박적 사고가 꼬리를 물고 괴롭혔고 의식적인 사고 진행 막힘, 극심한 두통, 굳어 버린 것 같은 머리, 막연한 불안, 초조 등 제반 증세는 더욱 또렷이 나를 괴롭히고 있었다.

조용한 곳에 오면 신경이 가라앉고 차분히 안정될 것 같았는데, 웬일인지 더욱 답답하고 불안하며 안절부절못하고 제반 증세는 더욱 또렷이 확대되어 나를 괴롭혔다.

더구나 하루 이틀은 좋았던 그 계곡 물소리가 이제는 귀에 거슬렸고 극도로 나의 신경을 자극했다. 게다가 생각을 하려면 생각도 할 수 없고 책도 읽을 수 없으니 더구나 말벗도 없이 혼자 지낸다는 것은 그야말로 고역이었다.

다만 계곡의 공기와 물맛이 좋고 그 물로 지은 밥과 버섯, 고사리, 더덕 등 산나물로 만든 반찬이 오직 좋을 뿐이었다. 매끼 밥 한 알, 반찬 하나 남기지 않고 싹싹 그릇을 비웠으며 구수한 숭늉으로 배를 한껏 채웠다. 주인아주머니는 정성껏 음식을 해주었다. 얼마를 지내고 나니 바싹 여윈 내 몸에 살이 붙는 것 같았다. 오직 그렇게 밥 먹는 재미 하나로 그 적막과 고독 속에서 한 달을 보낸 후 집으로 돌아왔다.

미장원은 그럭저럭 유지돼 가고 있었다. 미용사는 말없이, 조용히, 충실하게 미장원 일에 열중하고 있었다. 다행스러운 일이었다. 성격도 차분하고 얌전했다. 어머니가 몹시 칭찬했고 동네 아주머니들도 칭찬했다. 강원도 소금강에서 돌아온 지 얼마 지났을 무렵, 하루는 뒤에 사시는 고모님이 나를 불렀다.

"너도 내일모레면 삼십인데 이제는 장가를 가야 할 게 아니냐. 어머니도 저렇게 뼈만 남아 고생하시는데 빨리 며느리라도 얻어야지. 아버지도 며느리가 들어오면 좀 나아질 테고. 미용사가 참하고 좋더라." 그러면서 이런저런 소리를 해 가며 나를 꼬드겼다. 나도 장가를 가야겠다는 생각을 하지 않은 것은 아니지만, 내 병과 집안 형편 때문에 적극적인 생각을 갖지 못하고 있었다.

그러나 어차피 장가는 가야 할 몸. 더욱이 고모님 말마따나 아버지와 자식들한테 시달리는 어머니를 생각해야 했다. 고모님으로부터 이야기를 듣고 난 후 미용사에게 더욱 관심을 두게 되었다. 아버지 어머니도 그녀가 나에게 시집오기를 은근히 바라는 눈치였고 고모님은 더욱 적극적이었다. 그래도 고모님은 나의 병에 대해 조금이나마 긍정적이었다. 그리고 장가를 가면 그 병이 낫는다며 한사코 권유하셨다.

어느덧 거리에서는 크리스마스 캐럴이 흘러나오고 오가는 사람들의 발걸음이 총총했다. 그렇게 고통스러웠던 한 해가 또 서서히 저물어 가고 있었다.

결국 미용사는 내 아내가 되었다. 해가 바뀌어 새해가 돌아왔으나 나의 제반 증세는 여전했고 고통도 여전했다. 나는 어쩔 수 없이 그렇게 불신하던 병원을 다시 찾아가 보기로 마음먹고 서울대학교 의과대학 부속병원을 다시 찾았다.

　내과 등 몇 군데를 거친 후 맨 나중에 신경 정신과를 갔다.

　인성 검사, 뇌파 검사 등 여러 검사를 다 끝낸 뒤에 간호사의 호명에 따라 진찰실로 들어갔다. 군에 있을 때 찾아갔던 그 의사는 아니었다.

　의사는 진찰실의 불을 끄고 어떤 기계를 내 눈에다 대곤 눈동자를 자세히 관찰했다. 그리고 무릎을 툭툭 쳐서 무릎 근육의 반응을 보기도 하며, 청진기를 이리저리 가슴에 대보기도 하면서 자세히 진찰해 주었다. 그 의사는 그 당시 우리나라에서 신경 정신과 분야에서 가장 권위 있는 교수였다.

　그는 아무 데도 이상이 없고 단지 신경을 많이 써서 그러니 마음을 편히 가지라고 했다. 전에 의사들이 한 말과 같은 말을 했다. 그러면서 며칠분의 약을 처방해 주었다. 나는 몹시 떨떠름했으나 주는 약이나 먹어 보자는 심사에서 조제실로 찾아갔다.

　사람들이 많아 한참을 기다려야 할 판이었다. 기다리는 동안 신경 정신과 벤치에서 차례를 기다리는 환자들을 찾아가 보기로 했다. 벤치에는 많은 환자가 앉아 있었다. 그중 한 사람에게 물었다. 마흔이 넘었을까 한 남성이었다. 그분의 증세는 사고 막힘과 독서 막힘 증세를 빼놓고는 극심한 강박 증세들, 막연한 불안·초조, 각종 공포증 등 나의 증세들과 거의 비슷했다.

근 15년간이나 이 증세들에 시달리고 있는데 양의고 한의고 대학 병원이고 안 가 본 데가 없으며, 양약이고 한약이고 안 먹어본 약이 없다고 했다. 심지어 단식 요법이며, 무슨 교회 권사가 기도로 난치병을 고친다는 데에도 가서 안수 기도를 받아 보았으나 모두가 소용이 없었다는 것이었다.

지금까지 병의원을 찾아가 아무리 진찰을 하고 검사를 해도 아무 데도 이상이 없다고 했다. 단지 신경성이라면서 약을 처방해 주어 복용해 왔으나 아무 효력이 없었다는 것이었다. 가지고 있던 재산도 다 날리고 이제는 집안을 망하게 했으니 무슨 면목으로 더 살겠냐며 죽고 싶을 뿐이라고 했다. 이 병원에도 근 2년간이나 다니고 있는데 정신분석요법인가 뭔가를 받으라고 해서 주는 약을 먹으면서 이틀에 한 번씩 이렇게 찾아와 의사를 만난다고 했다.

정신분석요법은 어떻게 받는 거냐고 물었다. 그는 참 싱겁다면서 그렇게 해서도 병이 낫는지 모르겠다며 웃었다. 환자인 본인은 침대에 눕고 의사는 옆에 앉아 과거의 일, 머리에 떠오르는 생각 등을 이야기하고 의사 선생님은 그저 듣기만 한다는 것이었다. 그러다가 어떤 때는 별의별 것을 다 물어보기도 한다고 했다.

시간이 되면 끝나는데 한 시간 정도라고 했다. 이제는 할 말도 없고 해서 의사 선생님에게 그날그날 지냈던 이런저런 일들을 이야기한다는 것이었다. 의사 선생님의 이야기로는 증세의 원인을 찾을 때까지 몇 년이고 간에 이런 식으로 계속해야 한다는 것이었다. 나는 그래도 그가 2년이나 다녔다는 그의 끈기가 대단하게 여겨졌다.

침울하게 이야기하는 그의 말 한마디 한마디가 너무나 절실하게 내 가슴에 와 닿았다. 동병상련, 내가 어찌 그의 고통과 그의 마음을 모르겠는가. 그의 이야기를 듣고, 조제실에서 약을 탄 후 병원 문을 나섰다. 찬 겨울바람이 얼굴을 때렸다. 옷깃을 여미고 천천히 병원 정문으로 내려갔다. 만감이 교차했다.

정문을 나서니 큰길이었다. 건너편에 창경원(지금의 창경궁) 담장이 보였고 앙상한 가로수들이 추위에 떨고 있었다. 문득 창경원에 들어가고 싶은 마음이 들었다. 창경원에 들어갔다. 창경원 안은 조용했다. 추워서인지 사람이 없었고 썰렁하기만 했다. 봄 여름 가을이면 많은 사람 앞에서 재롱을 부리던 우리 안의 원숭이도 보이지 않았다. 근처에 있는 벤치에 앉았다.

'나는 앞으로 어떻게 될 것인가?'

병원에서 만났던 남자의 사연이 자꾸 내 가슴에 와 닿았다.

암담하고 암울한 먹구름이 내 앞에 커다랗게 나타났다.

'결국 이것은 불치의 병이란 말인가?'

'죽이지도 않으면서, 몸뚱이만의 인간으로 이렇게 처절하게 고통을 주면서, 일생을 괴롭힐 것인가? 아니면 스스로 목숨을 끊기를 바라는 것인가?'

'달나라에 가는 첨단 과학의 시대에 이것 하나 고치지 못하고 도대체 무엇들을 하고 있단 말인가?'

'이런 것 하나 고치지 못하면서 무슨 놈의 박사요, 교수인가?'

'한낱 환자들의 고통을 볼모로 밥벌이하는 허울 좋은 군상들인가?'

'도대체 그들은 무얼 하고 있는가?'

의사들과 사회에 대한 원망이 한없이 끓어오르고 있었다. 그리고 그것을 가볍게 여기는 그들이 또한 한없이 원망스럽고 증오스러웠다. 지금도 얼마나 많은 나와 같은 환자들이 아무도 알아주지 않는 그 증세들로 고통을 당하고 있을까. 그러나 의사나 사회가 그들의 고통을 알지 못하는 것은 어쩌면 당연한 일인지도 모르겠다.

정신적으로나 육체적으로나 아무 데도 이상이 없으면서 다만 본인만이 고통을 호소하고 있으니 말이다. 남들처럼 멀쩡하게 먹을 것 다 먹고, 할 것 다 하면서 증세와 고통을 호소하고 있으니 객관적 판단에서 이해가 가지 않는 것은 어쩌면 당연한 일인 지도 모른다. 다만 증세와 고통을 당하고 있는 환자들만이 서로 를 이해할 수 있을 뿐일 것이다. 그렇게 얼마 동안 참담하게 앉 아 있다가 집으로 돌아왔다. 겨울바람은 몹시 차가웠다.

심리 교정원

병원에서 준 약은 먹을 때뿐 효과가 없었다. 나는 정신분석요법을 받아 보고 싶었다. 그러나 그것은 우리 집 경제 형편으로서는 불가능한 일이었다. 대학 병원에서의 그 환자 이야기에 의하면 설사 받아 본다 해도 승산 없이 막연할 것 같았다. 그리고 어쩐지 병원 자체가 싫었고 믿음이 생기지 않았다. 군에 입대하기 전, 몇 군데 신경 정신과 전문의를 찾아가 보기도 했고, 군에서 병원을 전전했건만 아무 소용이 없었다. 서울대학교 의과대학 부속병원을 두 번이나 찾았으나 효과를 보지 못했다.

해방촌에서 금호동으로 이사 온 후 고등학교 1학년 때인가 어머니를 따라 침술사와 한의사를 찾아다니던 때였다. 하루는 잡지에선가 말더듬증 및 신경 쇠약 등을 고친다는 심리 교정원 광고를 보았다. 그 심리 교정원은 용산 남영동에 있었다.

그곳에 찾아가 원장을 만났다. 두툼한 안경을 쓴 중년 신사였다. 나의 증세와 이야기를 다 듣고 난 그는 학생의 딱한 처지를 생각해 수강료를 깎아 줄 터이니 나오라고 했다. 어머니에게 사정해 절반 정도 되는 수강료를 마련한 후 교정원을 다니게 되었다. 원장은 교정 교본을 나에게 주었고 그 교본에 따라 매일 지정된 시간에 강의했다.

교정 강의를 받는 사람들은 삼사십 명쯤 되었다. 겉보기에는 모두가 멀쩡한 신사 · 숙녀 · 학생이었다. 극심한 말더듬이, 높은 곳에 불안해서 올라가지 못하는 학생, 왠지 늘 초조하고 불안해 일이 손에 잡히지 않는다는 주부, 주의력 · 집중력이 갑자기 떨어져 근무할 수 없다는 직장인, 몇 년간 통 잠을 자지 못하는 극심한 불면증에 시달린다는 중년 신사, 심한 우울증에 빠져 인생을 포기하고 싶다는 젊은이 등 모두가 각자 자신의 증세가 가장 고통스럽다는 듯 호소했다.

나도 그들이 가진 증세를 골고루 갖고 있었다. 강박증, 불안 · 초조, 주의력 · 집중력 감퇴, 두통, 공포증 등의 증세는 비슷했는데 나와 같이 사고 막힘, 독서 막힘 증세를 가진 사람은 없었다.

나는 원장에게 내 증세의 유일성을 강조했고 이것은 이런 요법으로는 되지 않는 것이 아니냐며 따지고 또 따졌다. 원장은 나의 증세는 특별한 것이 아니며 말더듬증이나 불안 · 초조, 기억력 · 주의력 감퇴, 두통, 공포증, 강박증 등 모든 증세는 모두가 그 원인이 같으며 동기에서 어떤 것을 선택했느냐의 차이만 있을 뿐,

꾸준히 자기 말을 듣고 교정에 임하면 된다고 했다.

원장은 강의 시간에 원장 자신의 과거를 들려주었다. 그는 일본 동경에서 어린 시절을 보낼 때 말더듬이 친구가 말을 더듬는 것을 흉내 내다 극심한 말더듬이가 되어 몇 번이나 자살을 기도했고, 나중엔 극심한 다른 증세들과 함께 시달리며 인생을 포기하고 살다가 일본 동경 어느 심리 교정원에서 교정을 받아 기적적으로 소생했다는 것이다. 그간 자신의 경험과 연구를 계속해 지금과 같은 심리 교정원을 차리게 되었다고 했다. 그리고 원생들에게 신념을 가지고 꾸준히 교정에 임하면 반드시 치유될 수 있다고 강조했다.

원장의 강의 내용을 요약하면 이러했다.

'여러분들의 병은 몸의 어디에, 머리에, 언어 기관에 이상이 있어서 그러는 것이 아니다. 아무리 병원에서 진찰하고 정밀 검사를 해 보아도 기질적(器質的)으로나 해부학적으로는 아무 이상이 없다. 그것은 마음이 원인이 되어 만들어지는 심인성(心因性) 병이다. 엄밀히 말하면 병이 아니고, 단지 자기 속임수에 빠져 있을 뿐이다.'

원장은 정신과 육체와의 상관관계 등을 자세하게 예를 들며 원생들에게 이야기해 줬고, 증세의 본체를 알고 나면 쉽게 나을 수 있다고 말했다. 배짱과 용기를 가지고 증세 따위를 무시해 버리고 살다 보면 저절로 없어진다는 것이었다.

복식 호흡은 이러한 배짱과 용기를 길러 주는 좋은 요법이며 체내에 충분한 산소를 공급해 주고, 그로 인해 횡격막이 움직여 내장을 자극해 혈액 순환을 촉진하고 신진대사를 원활하게 하는 등의 효과가 있다며 복식 호흡을 극구 찬양했다. 복식 호흡은 교정에 필수적인 것이어서 교정 강의 시간마다 약 10분간씩 반드시 실시했다.

나는 공감이 가기도 하고 한편으론 공감이 가지 않는 부분도 있었지만, 교정원을 꾸준히 다녔다. 복식 호흡도 꾸준히 했는데 열심히 하다 보니 아랫배가 불룩하게 나왔다. 하지만 강의도, 복식 호흡도 내 증세들을 호전시키는 데에는 아무런 효과를 보이지 못했다. 석 달가량 다니고 교정원을 그만두고 말았다.

자위행위

　교정원에서 들은 여러 가지 내용을 종합·분석해 본 결과(실은 정
상적인 사고 능력에 의한 분석일 수가 없었고, 그저 떠오르는 생각으로 어림해
볼 때), 중학교 2학년 때, 자위행위(수음)로 고민하던 중 그 당시 대
중 잡지『아리랑』의 인생 문답란에서 그 동기를 찾을 수가 있었다.

　중학교 2학년 때, 여름날 친구를 따라 한강으로 헤엄치러 갔다
가 백사장에서 그 친구로부터 자위행위를 배우게 되었다.
　그날 이후 매일 자위행위를 하지 않을 수 없게 되었다. 어쩐지
죄의식을 느끼게 되고 건강에 해롭다는 생각이 들어 그만두어야
하겠다고 결심했으나 매번 허사였다. 그리고 어쩔 수 없이 자위
행위를 하고 나선 후회하고 또 '그만큼 내 건강이 나빠졌겠지.'
하고 생각하면서 걱정하곤 했다.
　이렇듯 갈등과 걱정, 불안 등으로 범벅이 된 마음으로 매일 자
위행위를 하고 또 후회하고 그렇게 반복하면서 고민과 갈등의
늪에서 빠져나오지 못하고 있었다.

그러던 어느 날 나는 우연히 『아리랑』 잡지를 보게 되었고, 잡지 속 인생 문답란에서 나와 같이 자위행위로 고민하는 어느 중학생의 질문 내용을 보게 되었다. 그리고 거기에 대한 어느 의학 박사의 답변을 보게 되었다. 그 답변의 내용인즉 과다한 자위행위는 건강에 해롭고 특히 주의력·기억력·사고력이 감퇴하고 매사에 의욕을 잃게 되며 두통 등 제반 증세를 수반하게 되어 신경 쇠약에 걸리게 된다는 것이었다.

　가뜩이나 자위행위로 건강 공포에 떨고 있던 나로서는 가슴이 철렁 내려앉는 이야기가 아닐 수 없었다. 그것도 의학 박사가 그런 이야기를 하였으니 틀림없는 이야기일 것이다.

　그 이후부터 이를 악물고 더욱 자위행위를 하지 않을 것을 결심했으나 번번이 허사로 끝나고 말았다.

　사정된 하얀 정액을 쳐다보면서 '내 몸속에서 저만큼의 영양이 빠져나갔구나. 그렇다면 내 건강은 그만큼 나빠졌겠지.'라고 생각하면서 몸속에서 그만큼의 영양이 빠져나간 것 같은 불안에 휩싸였다.

　그러다가 문득 책을 보게 되었는데 글이 멀어졌다 가까워지면서 현기증이 일었다. 그리고 집중이 되지 않으면서 글들이 아득히 먼 데 있었다. 읽은 데를 읽고 또 읽었다. 무슨 내용인지 알 수가 없었다. 그래서 읽고 또 읽었다. 그래도 무슨 내용인지 통

머리에 들어오지 않았다. 그리고 마침내 더 이상 글을 읽을 수가 없게 되었다.

나는 덜컥 겁이 났다.

'드디어 증세가 왔구나! 아아, 내 머리가, 내 건강이 자위행위 때문에 망가져 가고 있구나!'

내 머릿속에는 그 잡지 속 의사의 말이 퍼뜩 떠올랐다. 그 이후로 나는 글을 읽을 수 없게 되었고 공부를 할 수 없게 되었으며 또한 생각이 막히고 매사에 집중이 되지 않으면서 가슴이 두근거리며 불안과 초조감에 휩싸이게 되었다.

그날 이후부터 극심한 두통과 강박 증세 등과 더불어 온갖 증세들로부터 시달리게 되면서 그 캄캄한 암흑 생활과 고통의 생활이 시작되었다. 아무리 해도 자위행위는 어쩔 도리가 없었고 그와 더불어 나의 건강은 점점 나빠져 갔으며 나의 몸은 점점 여위어만 갔다.

게다가 해방촌 중턱 어느 집 처마 밑에 붙은 게딱지 같은 판잣집에 살면서 아버지는 하루도 거르지 않고 술에 취해 지냈으며 주위 친척들과 하루가 멀다고 머리가 터지고 피를 흘리는 싸움이 계속되었다. 그릇이 깨지고 세간이 부서지는 소리, 어머니와 어린 동생들의 숨넘어갈 듯한 비명, 글자 그대로 매일매일이 아비규환 그 자체였던 나날이었다.

어른들에 대한 증오심이 내 마음속에 깊이 심어졌고, 그와 더불어 증세들과 고통은 더욱 악화하여 갔다. 나는 점점 인간과 사회에 대한 증오와 복수심이 내 마음속에 뿌리를 내리고 있었다. 또한 사람들과 사회와 더욱더 벽을 쌓아 가게 되면서 모질고 악독한 성질로 변모해 가고 있었다.

아버지가 되다

먼 친척뻘 되는 남대문 큰아버지의 소개로 용산에 있는 미8군에 전기공으로 취직을 하게 되었다. 미8군에 취직하면서 이제는 나의 아내인 미용사와 함께 따로 방을 얻어 나왔다. 아내도 아버지와 집안의 분위기에 더는 견딜 수가 없어 괴로워했고 더군다나 배가 만삭이 되어 정신적으로 편히 쉬고 싶어 했다.

우리 팀 중에 내 또래에 해당하는 종업원이 한 명 있었는데 그의 집이 김포 비행장 뒤 옛 마을에 있었고 그곳에서 몇 대째 내려오는 유지였다. 그의 소개로 그의 집 근처에 방을 하나 얻어 살림살이를 옮겼다.

살림살이라고 해야 냄비 몇 개와 그릇 몇 개, 덮고 자는 이불 정도가 전부였다. 다행히 주인아주머니가 좋았고 도시의 때가 묻지 않은 주인아주머니는 아내에게 이것저것 신경 쓰며 잘해 주었다.

아내는 그러한 주인아주머니에게 고마워했다. 어머니는 우리가 살림을 나던 날 몹시 울었고 아버지는 여느 때와 같이 술에 취해 있었다. 어머니는 이따금 된장, 고추장 등을 보자기에 싸 들고 찾아오시곤 했다.

이사 온 지 한 달이 지났을 무렵 어느 날, 퇴근 후에 집에 돌아 왔을 때였다. 방안에 불이 켜져 있지 않았고 아내가 윗목에 누워 자고 있었다. 나는 아랫목에 그냥 주저앉으려다 뭔가 이상한 기 운과 섬뜩함을 느꼈다. 아랫목을 살펴보니 눈도 뜨지 않은 핏덩 이가 포대기 속에서 쌕쌕 숨을 쉬고 있었다. 놀란 가슴을 진정하 며 찬찬히 훑어보았다. 그리고 포대기를 젖혀 보았다. 사내아이 였다.

'아! 나도 이젠 아버지가 되었구나!'

그러자 어떤 이상한 감동과 책임감이 내 가슴에 뭉클하게 와 닿았다. 자고 있던 아내가 부스스 일어났다. 이제 갓 스물을 넘 긴 아내는 아직도 얼굴에 소녀티가 가시지 않은 그런 모습이었 다. 아내를 꼭 껴안았다. 그리고 힘을 주었다.

아이에게 '원식'이라는 이름을 지어 주었다. 으뜸 원(元) 자에 심 을 식(植) 자였다. '으뜸을 심으라'는 뜻에서였다. 원식이는 무럭 무럭 자랐다. 그리고 가끔 배시시 웃으며 나를 즐겁게 해 줬다.

나는 극심한 증세들 때문에 미8군을 더 이상 다니지 못하고 그 만두고 말았다. 극심한 강박 증세와 사고 막힘, 다른 증세들이 나에게 더 이상의 근무를 불가능하게 했다. 고장 난 스위치나 간단한 전기 기기 고장 수리를 하려고 펜치나 드라이버를 잡으면 생각이 막혀 어디를 어떻게 해야 할지 몰라 두려워하게 되었다. 그래서 몇 번 사고를 낸 후 두려움과 공포로 더는 펜치나 드라이버를 잡을 수가 없게 되었다.

우리는 다시 금호동 산 중턱 집으로 돌아올 수밖에 없었다. 아내는 다시 미장원을 시작했고 전과 같은 생활이 다시 시작되었다.

그간 집안 생활은 말이 아니었다. 아버지는 더욱더 술로 세월을 보내고 있었고 어머니는 더 여위어져 있었으며 머리는 백발이 다 되어 있었다. 동생은 한국전력 지점 일용직을 그만두고 또 집을 나갔으며 여동생도 집을 나가고 없었다. 중학교에 다니던 막내 남동생도 학비를 내지 못해 학교를 그만두었고, 막내 여동생도 국민학교(초등학교)를 졸업하고 집에서 놀고 있었다.

이 모두를 아버지와 내가 책임져야 했는데 아버지는 술로 세월을 보내고 있었고, 나는 증세들로 몸뚱이만이 살아 움직이는 폐인이 되어 있었다. 바로 밑에 남동생과 여동생이 정신을 차려 주었으면 좋으련만 그렇지가 못했다. 다만 어머니 혼자만이 집안을 꾸려 나가고 있었는데, 어머니는 이미 지칠 대로 지쳐 있었다.

결국 어린 두 동생은 누구 하나의 손길이 미치지 않은 상태에서 표류할 수밖에 없었다. 뻔히 죽어 가는 사람을 바라보면서도 어쩔 수 없이 수수방관해야만 하는 것처럼 나도 그와 같은 심정으로 집안과 어린 동생들을 다만 바라만 보고 있을 수밖에는 없었다.

더욱 깊어 가는 증세들

금호동 산 중턱에 있는 우리 동네가 도시재개발계획에 의해 철거되게 되었다. 그래서 우리는 경기도 성남으로 이주하게 되었다. 우리와 함께 쫓겨난 대부분 철거민이 성남으로 이주했다. 성남에 이주하는 철거민들에게 가구당 7~8평 정도 되는 땅을 줬다. 우리는 그 땅에다 천막집을 지었다.

성남으로 이주해 온 후 아내는 서울에 있는 미장원에 취직해 나갔다. 얼마 후 집을 나갔던 동생이 찾아왔고 또한 집 나갔던 여동생이 남자 친구를 데리고 돌아왔다. 동생은 얼마 있다가 동네 처녀와 어찌어찌하더니 눈이 맞아 방을 얻어 따로 나가 살림을 차렸으며, 여동생도 같이 온 남자 친구와 방을 얻어 살림을 차렸다.

이리하여 새로 형성된 우리 가족은 다시 성남에 모여 살게 되었다. 나는 아버지 어머니 원식이와 함께 성남 천막집에 살면서 한 달에 한두 번씩 집에 오는 아내를 보며 산송장처럼 밥만 먹으며 그저 목숨만 유지하고 있을 뿐이었다.

아내가 또 배가 만삭이 되어 미장원에 더 있지 못하고 성남 천막집으로 돌아왔다. 임신 중의 아내는 제대로 먹지 못해 얼굴이 해쓱하게 여위어 갔고 나의 몰골은 볼품없이 변해가고 있었다.

동생들은 그래도 건강하여 막노동을 비롯해 아무 일이나 닥치는 대로 하면서 생활해 나가고 있었다. 나도 땅 파는 노동 일이라도 하려고 현장에 나갔으나 곡괭이를 들면 정신이 산만하고 생각을 밀고 나갈 수가 없어 일할 수가 없었다. 어떠한 생각에 정신을 몽땅 빼앗기고 거기에서 빠져나오지 못하는 강박 사고에 온 정신을 빼앗기고, 일에는 전혀 주의가 가지 않았다.

그래서 불안과 공포에 휩싸이게 되면서 결국 곡괭이로 땅 한 번 내려찍지 못하고 맥없이 땅바닥에 털썩 주저앉곤 했다. 그 강박 증세와 다른 증세들로 인해 나는 땅 파는 노동 일조차 할 수 없었다.

성남 천막집에서 지내고 있던 어느 날, 남대문 큰아버지로부터 다음과 같은 전갈이 왔다. 서울 신당동에 남대문 큰아버지가 사 놓은 이층집이 있는데 2층 한쪽에 방이 비어 있으니 거기 와 있으면서 세 들어 있는 사람들을 관리할 겸 해서 와 있으라는 것이었다.

나와 아내는 우선 신당동 집을 찾아가 보기로 했다. 우리는 남대문 큰아버지가 그려준 약도를 들고 신당동 집을 찾아 나섰다.

12월 날씨는 살을 에는 듯 몹시 추웠다. 눈이 녹으면서 얼어붙은 길들이 빙판이었다. 신당동은 부촌이었다. 높은 담 위에 육중한 울타리가 둘려 있고 울타리 안에는 값비싼 정원수들이 들어차 있었다. 그런 집들이 대부분이었으며 고급 승용차들이 골목을 미끄러지듯 들어가고 나오곤 했다.

그런 집들 사이에 이 층 낡은 벽돌집은 초라하기만 했다. 2층은 20여 평이 되었고 가운데를 시멘트 블록으로 벽을 만들어 분리했다. 한쪽에는 무슨 유행가 작곡가가 세 들어 살고 있었다. 나머지 한쪽이 우리가 들어가 살 방이었다.

신당동에 온 지도 어느덧 두어 달이 지났다. 아내가 병원에서 둘째를 낳았다. 또 아들이었다. 나는 둘째 놈의 이름을 머리 두(頭), 심을 식(植) '두식'이라고 지었다. '머리를 심으라'는 뜻에서였다. '두뇌가 되어라'는 뜻이기도 했다. 두식이는 엄마의 젖을 먹으며 무럭무럭 자랐다.

나는 죽는 한이 있더라도 무엇이든 해야겠다고 생각했다. 그동안 끊었던 약을 다시 먹기로 마음먹었다. 내가 그동안 약을 끊었던 이유는 공군 병원에서 준 신경 안정제(클로르프로마진)는 복용하면 우선 졸리고 멍하며 사람이 맥을 추지 못했다. 증세와 고통의 예봉이 잠시 무뎌지는 것 같을 뿐 본질적인 증세는 그대로 남아 있었다.

대학 병원이나 약국에서 주는 신경 안정제(리브리움 등)는 졸리고 멍하지는 않으나 이것 역시 약간의 고통만 가시게 할 뿐 제반 증세가 남아 있는 것은 마찬가지였다. 더구나 아무리 오랫동안 약을 먹다가도 약을 끊으면 바로 그 증세들과 고통이 선명하게 고개를 들고 다시 일어난다는 사실이었다. 단지 그 고통을 조금이나마 둔화시키기 위해 어쩔 수 없이 다시 약을 먹기로 했다.

　　약국에서 신경 안정제를 샀다. 아직도 많이 남아 있는 공군 병원에서 준 약(클로르프로마진)을 병용해 보기로 했다. 그렇게 약을 적당히 섞어 2~3일을 복용하고 나니 좀 졸린 듯 멍하면서, 역시 심한 강박 증세와 두통, 사고의 막힘·역행, 독서의 막힘·역행 등의 주된 증세들은 그대로 남아 있었고, 단지 고통이 좀 가시는 것 같았다.

　　뾰족한 못 끝을 두드려서 좀 둔화시켰을 뿐 나무를 파고드는 그 못 자체가 제거된 것은 아닌 것 같은 그런 느낌이었다. 그래도 매일 나는 약을 먹었다. 그런 상태에서 무엇인가를 해 보려고 안간힘을 써 보았다.

관광통역안내사

얼마 전 신문에서 교통부에서 실시하는 관광통역안내사 면허 시험에 대한 관광학원의 광고란을 읽은 적이 있었다. 되든 안 되든 그 시험에 한번 도전해 보기로 마음먹고 있었다.

약을 먹는 상태에서 시험 준비를 했다. 2년여간의 사투 끝에 마침내 그 관광통역안내사 면허 시험에 합격했다. 그렇다면 이 어려운 영어 시험에 어떻게 합격할 수 있었느냐에 의문이 갈 것이다. 나는 중학교 때부터 향학열에 불타고 있었으나 이 병에 걸리고 난 후 증세들 때문에 공부는 불가능한 일이 되어 있었다.

그러나 책에 대한 미련은 버릴 수가 없어 늘 책을 들여다보았으나 그 독서 막힘 증세로 인해 한 줄도 읽지 못하고 포기하곤 했다. 무의식적으로 무심히 책을 보았을 때는 잘 읽혀 나가다가도 일단 책을 읽겠다는 의식이 돌아오면 그때부터는 한 줄도 읽어 나갈 수가 없이 막혀 버렸다. 영어책의 경우도 마찬가지였다.

그러나 모르는 단어에 걸리게 되면 그 뜻이 궁금하고 그 문장의 뜻이 궁금하여 영한사전을 뒤져 그 단어를 찾아보아야만 했다. 그 단어의 뜻을 찾아보았으면 되는 것인데 그 단어 풀이에서 나오는 영어 예문이나 그 단어와 상관된 다른 단어들, 즉 동의어나 반의어 등에서 떠나지 못했다. 이상하게도 사전 속의 글들은 읽혀 나갔다.

그래서 그것들을 찾게 되고 또 그것 중에 모르는 단어가 나오게 되면 또 그것들을 찾아야만 하는, 이래서 결국 사전을 떠나지 못하고 영한사전을 온종일 섭렵하다 결국 탈진해 쓰러지곤 했다.

그리고 국어 단어가 머리에 떠오르면 기어이 한영사전을 찾아 그 단어를 영어로 알아야만 했고, 또 모르는 영어 단어를 발견하게 되면 기어이 영한사전을 찾아 그 뜻을 알아야 잠을 잘 수가 있었다. 밥을 먹다가, 세수하다가, 변소에 있다가 또는 잠자리에 누웠다가도 하여간 무슨 일을 하고 있다가도 사전을 찾아봐야만 했다. 그렇게 내 의지와는 전혀 상관이 없는 그런 절박한 강박에 이끌려 어쩔 수 없이 사전을 보아야만 했다.

이렇듯 강박에 이끌려 개처럼 종일 끌려다니다가 지쳐 나가떨어지곤 했다. 그러다 보니 그 두꺼운 사전의 구석구석을 찾아보지 않은 데가 없게 되었고, 사전의 겉장에 손때가 까맣게 묻어 겉장이 떨어져 나갈 지경이었다.

이렇게 하여 나는 정말 내 의지와는 전혀 상관없는 어부지리로 영어 실력이 붙게 되었다. 그래서 영어 잡지이건, 신문이건 또는 어떤 어려운 원서라도 읽을 수 있는 실력이 붙게 되었다. 그러나 의식적으로는 한 줄도 읽어 나갈 수가 없었으니 정말 안타까운 일이 아닐 수 없었다.

그 사고 막힘이나 독서 막힘으로 인해 공부는 할 수 없었으나 이상하게도 영어 회화는 어느 정도 자신을 가지고 해 나갈 수 있었다. 중학교 1학년 때부터 용산을 지나 학교에 가고 오면서 길에서 만나는 미군들에게 학교에서 배운 영어를 그때그때 해보곤 했다. 그러면 미군들은 영어를 잘한다면서 내 머리를 쓰다듬어 주곤 했다.

그렇게 시작한 영어 회화가 점점 늘면서 그 강박증에 이끌려 한없이 영어사전을 섭렵하면서 얻은 어휘들을 응용하면서 영어 회화는 진전해 나갔다. 이 영어 실력에다 2년여간 군에서 준 약을 먹으면서 다른 과목들에 도전한 끝에 결국 시험에 합격할 수가 있었다.

외국인 전용 토산품점에서

면허를 딴 후 몇 군데 여행사에 원서를 내고 시험을 보았으나 번번이 낙방하고 말았다. 면접에서는 합격이었는데, 필기시험에서는 번번이 낙방했다. 뻔히 아는 문장도 그 독서 막힘의 증세가 다시 거세게 고개를 쳐들고 가로막은 때문이었다. 비지땀만 흘리다가 결국 시험을 포기하곤 했다.

면허 시험을 볼 때는 객관식 선다형이어서 어떻게 찍어 나갈 수가 있었는데 여행사에서 보는 필기시험은 주관식이어서 글을 읽고 쓸 수 없는 나로서는, 어떻게 해 볼 도리가 없었다.

여행사 취업에 번번이 실패하고 실의에 빠져 있던 어느 날, 같이 교육을 받았던 동기생 하나가 외국인 전용 토산품점을 소개해 주었다. 당시 외국인 전용 토산품점은 전국에 걸쳐 있었지만 거의 서울에 집중돼 있었다.

외국인 전용 토산품점은 법령상 관광통역안내사 면허 소지자 한 사람 이상 채용하게 되어 있었다. 그들은 면허 소지자가 필요한 것이지 어학 실력자를 필요로 했던 것이 아니었다.

이튿날 나는 그가 소개해 준 토산품점으로 갔다. 면허 소지 여부만 묻고는 바로 채용이 되었다. 그 이튿날부터 나는 출근했다. 토산품점은 서울역 앞 교통센터빌딩(지금의 서울스퀘어빌딩. 그 당시는 5층이었음) 2층 전체의 반 정도를 매장으로 쓰고 있을 정도로 매우 큰 토산품점이었다. 몇 개 여행사가 공동 투자해 운영되는, 전국에서 가장 규모가 큰 토산품점이라고 했다.

사무실에는 내 책상이 마련되어 있었고 첫 출근 날 사무실 직원 및 전 매장 판매 직원들과 인사를 나눴다. 매장 판매 직원들은 근 100여 명이나 되었는데 20대에서 50대까지 다양한 연령층을 이루고 있었으며 여성들이 대부분이었다.

그들은 일어를 유창하게 구사하고 있었다. 판매 직원들 모두가 일어 구사자들이었다. 왜냐하면 외국 손님들의 대부분이 일본 관광객들이었으며 또 그들이 구매력이 왕성하기 때문이었다. 어쩌다 들어오는 구미주(歐美洲) 지역 관광객들을 위해 나 하나 있으면 족할 정도였다.

나는 한가한 시간에는 주로 매장에 나가 여자 판매 직원들과 담소하며 시간을 보냈다. 그러다가 벨이 울리면서 매장에 불이 켜지고 외국인 고객(관광객)들이 쏟아져 들어오면 갑자기 조용하던 매장 안은 시끌벅적하며 부산하기 시작했고, 전 직원들은 전쟁에 임하는 병사처럼 판매 전선에 돌입하는 것이었다.

주로 남자 직원들은 사무실 직원이고 매장 직원이고를 가릴 것 없이 외국 관광객들이 산 물건을 포장하기 바빴다. 나는 영어를 하는 구미주 지역 관광객들이 들어오는 날이면 정신없이 바빴다. 영어를 구사하는 직원이 없다 보니 여기저기서 정신없이 불러대는 것이었다. 어떤 때는 대형 관광버스 4~5대가 한꺼번에 들어와 매장 안은 마치 명동 거리 인파처럼 외국 관광객들로 붐비기도 했다.

그렇게 일전을 치르고 난 날이면 간식이 나오고 어떤 때는 전 직원들에게 봉투가 하나씩 돌아가기도 했다. 정말 하루하루가 정신없이 지나갔다. 더구나 아름다운 여자 판매 직원들 속에 묻혀 지내고 보니 하루하루가 어떻게 지나가는 줄 몰랐다.

특히나 젊은 여직원들은 영어를 가르쳐 달라고 졸랐으며, 나는 그들에게 매장에서 판매할 때 필요한 영어를 가르쳐 주었다. 그 대가로 곧잘 점심을 얻어먹기도 했다.

토산품점에서의 하루하루의 생활은 그렇게 흘러가고 있었다. 그러나 증세들과 고통으로 인해 생활하다 보니 나의 언행과 처신에 여러 가지 미숙한 점이 나타났으며, 직원들과 자주 충돌을 하게 되었다. 그러다가 가끔 자포자기적으로 심적 변화가 일어날 때는 매장 한구석에 있는 창고에 들어가 증세들과 고통을 원망하며 천장을 바라보면서 눈물을 흘리곤 했다.

그러고 난 다음에 주머니 속에서 약을 꺼내곤 했다. 제대할 때 공군 병원에서 준 신경 안정제(클로르프로마진)였다. 이 약을 먹으면 굳어 있던 혀가 풀리면서 말이 잘 나왔다. 이 약을 먹지 않은 날이면 혀가 풀리지 않고 말이 잘 나오지 않아 고통스러워했다. 그래서 조금밖에 남지 않은 이 약을 아끼면서 매우 고통스러울 때나 구미주 지역 손님들이 들이닥칠 때만 이 약을 먹곤 했다.

마침내 그 약이 다 떨어지고 약을 먹지 못하게 되자 그 고통을 이겨 낼 수가 없었다. 약국을 전전하면서 그 약을 찾았으나 약국에는 그 약이 없었다. 나는 다시 병의원을 찾아가기로 했다. 그래서 몇 군데 의원을 찾아다니다가 ○○○ 로터리에 있는 ○○○ 신경 정신과 의원을 찾아가게 되었다.

그 의사는 이리저리 진찰을 끝내고 나의 이야기를 자세히 듣고 난 후 6개월만 꾸준히 약을 먹으면 깨끗이 낫는다고 자신 있게 말했다.

과연 6개월만 약을 먹으면 깨끗이 나을 수 있을까. 나는 군에 있으면서 오랫동안 군 병원에서 약을 먹었고, 최근까지 약을 먹었다. 대학 병원과 여기저기 유명한 의원들을 찾아다니며 양약과 한약을 먹었는데도 치유되지 않아 병원과 의사를 불신하고 있었다.

그래서 그가 이야기한 대로 6개월만 약을 먹으면 과연 20여 년간 골수에 박힌 이 증세들이 치유될 수 있을까 하는 의심을 하지 않을 수 없었다. 그러나 어찌하랴. 당장 효력이 있는 약을 먹지 않으면 그 고통을 이겨낼 수 없었고, 더군다나 직장에서 근무할 수 없으니 효력이 있다면 그 약을 먹을 수밖에 없었다. 그렇게 당당하게 자신을 갖고 이야기하는 그 의사의 이야기를 반신반의하면서도 그가 처방해 주는 약을 먹기로 마음먹었다.

그는 노란 캡슐로 된 약과 파란 캡슐로 된 약이 든 약 봉투를 나에게 건네주었다. 5일분이었다. 그 자리에서 그가 시키는 대로 노란 캡슐로 된 약 하나와 파란 캡슐로 된 약 하나를 입에 넣고 물을 마신 후 꿀꺽 삼켰다. 매 식후 그렇게 먹으라고 했다. 약값이 비쌌다. 매일 그렇게 한 달을 먹는다면 봉급의 반 이상이 나갈 것 같았다.

그러나 병만 낫는다면 그것이 문제이겠는가. 나는 들뜬 마음으로 그에게 깍듯이 인사하고는 집으로 돌아왔다. 저녁을 먹은 후 약을 먹고 자고 아침에 일어나니 어쩐지 기분이 상쾌하고 고통이 덜한 것 같았다.

그러나 생각이 막히는 등 모든 증세는 그대로 뚜렷이 남아 있었고 군에서 준 약처럼 고통이 덜했다. 혀가 풀어지면서 말이 나오는 것도 군에서 준 약과 비슷했다. 단지 머리가 좀 맑아지는 느낌이었고, 막연한 불안, 초조 등 안절부절못하는 심리적 불안정 상태가 좀 나아지는 것 같았다.

하지만 굳어져 회전되지 않는 머릿속과 강박 증세 등 굵직굵직한 증세들은 그대로 남아 있었다. 그렇지만 혀가 풀어져 말을 할 수 있다는 그 자체 하나만으로도 살 것 같았다.

마약 같은 신경 안정제

　토산품점에 취직하고 난 후 우리는 신당동 집에서 나와야만 했다. 그 집은 남대문 큰아버지와 다른 사람과의 소유권 문제로 재판이 걸려 있던 집이었는데 큰아버지가 재판에서 지고 말았기 때문이었다. 그래서 일요일 아내와 함께 방세가 저렴할 것 같은 말죽거리 변두리 지역을 돌아다녔으나 방세가 비싸 그곳에서 얻지 못하고 성남시로 들어가는, 말죽거리에서 좀 떨어진 시골 동네 같은 원지동에 방을 하나 얻었다.

　내가 토산품점에 나가기 시작한 후부터는 아내가 미장원을 나가는 것을 그만두게 하고 집에 있게 했다. 원지동에서 처음으로 아내와 원식이 두식이와 함께 우리만의 생활을 영위해 나가고 있었다. 실로 처음 가져 보는 우리만의 둥지요, 보금자리였다.

　그러나 뭐니 뭐니 해도 숙명 같은 증세들이 문제였으니 이러한 행복들도 순간순간 느껴질 뿐 정상적인 행복감이나 만족감을 느껴볼 수가 없었다. 더구나 그 증세들과 고통을 배제한 진정한 행복감이란 맛볼 수 없었다.

녹슬어 돌아가지 않는 바퀴를 억지로 돌려, 굴려 가는 그런 행복감이었고 기쁨이었다. 그래도 그런 행복감이나마 모처럼 가져 보는 것이어서 그렇게 그 감정들이 소중할 수가 없었다.

○○○ 로터리 ○○○ 신경 정신과 의원의 약을, 한 달이 지나고 두 달이 넘도록 계속 먹었어도 처음 먹을 때와 마찬가지였고 오히려 처음보다 약의 효과가 감소하는 느낌이었다. 나는 의사에게 따지고 들었다. 그래도 의사는 그 약을 계속 먹기만을 고집해 어쩔 수 없이 그 약을 3개월이 지나도록 계속 먹었다. 그러나 차도는 오히려 처음 먹을 때보다 점점 감소하여 어느 날 의사에게 강력히 항의했다. 그리고 다시는 그 약을 먹지 않기로 하고 분연히 돌아와 버리고 말았다.

그러나 그 약을 끊은 순간부터 다시 더욱 심한 고통과 혀가 굳어 말이 나오지 않아 직장에서 근무할 수 없는 상태가 되었다. 다시 그 의원을 찾게 되었고 의사는 다시 처방해 주었는데 한 번에 두 알씩 먹던 캡슐로 된 약을 이번에는 세 알씩 먹도록 처방해 주었다. 약의 분량이 는 것이었다. 그렇게 늘어난 분량을 먹고 나니 처음 먹을 때와 비슷한 효과가 나타났고 혀가 풀리면서 근무해 나갈 수가 있었다.

결국 그 약이 없으면 견디지 못하는 그런 처지가 되었고 출근 때면 늘 주머니 속에는 그 약이 수북이 든 약봉지가 들어 있었다.

어느덧 ○○○ 신경 정신과 의원의 약을 근 6개월을 복용하게 되었고, 6개월이 지나도 처음 복용할 때와 여전하자 다시 의사에게 따지며 심하게 항의했다. 의사는 인내를 가지고 좀 더 계속 복용해 보라고 했다. 이제는 이 약이 없으면 견딜 수 없으니 이 약에 중독된 것이 아니냐고 따졌으나 의사는 그 약은 습관성이 없는 약이므로 절대 중독되지 않는다며 오히려 버럭 화를 냈다. 그러면서 인내를 갖고 6개월만 더 먹으면 틀림없이 나을 터이니 꾸준히 복용해 보라며 나를 타일렀다.

그러나 다시는 그 의사가 지어 주는 약은 죽어도 더 이상 먹지 않기로 결심하고는 의원 문을 박차고 나와 버렸다. 그 후 서너 달 동안 서울 시내 이름난 약국을 찾아다니며 약을 사 먹었고, 이름난 한약방에서 한약을 지어다 먹었으며, 유명하다는 신경 정신과 의원과 대학 병원을 찾아다니며 약을 지어 먹었으나 효과가 없었다. 다만 ○○○ 신경 정신과 의원 약만 그렇게 먹고 싶었다.

그래도 그 약을 먹으면 고통이 덜하면서 혀가 풀려 근무할 수 있었는데 그 외의 다른 곳에서의 약은 그렇지가 않았다. 그러니 어찌하겠는가. 죽어도 다시는 가지 않겠다고 결심했던 ○○○ 신경 정신과 의원을 다시 찾아갈 수밖에.

그리하여 그해 무덥던 여름도 지나고 길가 가로수 은행나무 낙엽이 시나브로 보도를 덮어 가고 있던 11월 어느 날, 나는 다시

○○○ 신경 정신과 의원의 문을 밀치고 들어갔다. 다시 그 의사를 대면했고 그는 다시 약을 처방해 주었다. 그 약을 먹자, 전처럼 고통이 좀 가시고 혀가 풀리면서 전과 같이 근무할 수 있게 되었다.

봉급의 반 이상을 약값에 빼앗기고, 교통비와 점심값, 용돈을 제하고 방세를 주고 나면 남는 게 거의 없었다. 그래서 생활이 되지 않았다. 그나마 겨우 일궜던 그 조그마한 행복도 맛볼 수 없게 된 나는 서럽고 억울한 마음을 안고, 아내와 원식이 두식이와 함께 다시 성남 천막집으로 들어가는 수밖에 없었다. 아내는 두 녀석을 어머니에게 맡기고 다시 직장(미장원)에 나갔다.

성남의 생활은 여전했다. 아내는 멀리 강원도 횡성으로 취직해 갔다. 아마 집 근처에 있으면 괴로워 멀리 취직해 간 모양이었다. 그러는 아내를 말리지 않았다.

증세들과 고통은 더욱 심화하여 갔다. 그래서 이제는 손에 잡히는 대로 약을 먹었다. 직장에서 너무나 괴로울 때면 약과 술을 자포자기적으로 퍼먹고는 창고에 틀어박혀 하루 종일 퍼져 자곤 했다.

5일분 약이 사흘이나 이틀이면 동이 났다. 그래서 약이 떨어져 그 고통을 이기지 못해 돈 없이 ○○○ 신경 정신과 의원을 찾아가 사정해 보았으나 의사는 냉정한 말 한마디로 거절했다. 무려

1년간이나 다녔는데, 애원하며 통 사정을 했는데도 매정하게 거절하곤 했다.

그렇게 거절을 당하고 돌아올 때마다 얼마나 그 의사를 원망하며 울었는지 모른다.

'나를 약에 중독되게 해 놓고 나의 돈을, 나의 피를 갈취하는 악마 같은 더러운 자식! 어찌 이런 놈이 의사란 말인가!'

아편에 중독되게 해 놓고 아편 주사를 놓아 주기를 애원하는 아편 중독자에게 돈을 내야 아편 주사를 놓아 준다는 그 아편 파는 놈과 뭐가 다르단 말인가.

'개새끼!'

나는 속으로 수없이 그 의사를 원망하고 증오했다.

'죽어도, 죽어도 네놈의 약은 다시는 먹지 않는다!'

그렇게 수없이 마음속으로 다짐하고 또 다짐하곤 했으나 도저히 그 약 없이는 그 고통을 이겨 나갈 수가 없었다. 어쩔 수 없이 눈물을 머금고 봉급을 가불해, 돈을 마련해서 그 의사를 찾아가곤 했다.

돈을 쥐고 갈 때마다 그 의사는 천사의 얼굴로 변했고 그 얼굴에는 자비와 웃음이 감돌았다.

'악마! 악마! 네놈이 바로 악마다!'

마음속으로 그렇게 울부짖으며 그 의사를 더 할 수 없는 증오의 대상으로 삼았다.

아내의 가출

그해 광복절, 경축 기념식장에서 영부인 육영수 여사가 괴한의 총탄에 쓰러졌다. 저격범은 조총련 재일 교포 문세광이었다. 저격범의 목표는 대통령이었다. 대통령은 무사했다.

그 사건으로 온 나라 안이 발칵 뒤집혔고 나라 밖에서도 떠들썩했다. 주식 시장에서는 주식이 폭락했고 정치적 불안과 경제적 불안이 뒤따랐다. 무역 상사에서는 외국 바이어들의 계약 해지 사태가 벌어졌고, 여행사에서도 외국 관광객 해약 사태가 이어졌다.

무엇보다 관광 분야에 미친 그 여파는 실로 컸다. 더군다나 100% 외국 관광객에 의존해 경영하고 있는 외국인 전용 토산품점은 그 타격이 치명적이었다. 국내에서 제일 그 규모가 큰 외국인 전용 토산품점인, 내가 몸담고 있던 그 토산품점도 결국 몸살을 앓다가 감량 경영에 들어갔다.

일차적으로 전 임직원의 3분의 1을 감축했으며 매장 축소와 경비 절약 등으로 버티어 나갔다. 그러다가 또 2차, 3차 감원에

들어갔고, 급기야 출혈 경영으로 겨우 명맥을 유지하다 결국은
쓰러져 버리고 말았다.

그 이듬해 3월도 다 저물어 가는 하순경이었다. 나도 침몰해
가는 배와 함께 최후까지 버티어 나가다가, 결국 침몰해 버리고
말았다. 2년여 만에 처음 직장다운 그 토산품점에서 나오고 말
았다.

직장을 그만둔 후 허탈한 심정을 안고 며칠 동안이나 꼼짝 않
고 두문불출, 집 안에 틀어박혀 있었다. 무엇보다도 이제는 약을
먹을 수 없다는 사실이 나를 암담하게 했다. 약 없이 어떻게 살
아간단 말인가. 이 고통을 어찌해야 한단 말인가. 나는 약이 떨
어지자 이를 물며 그 고통을 이기지 못해 몸부림쳤다.

아내는 내가 토산품점을 그만둔 후 횡성에서 돌아왔다.

며칠 후 아내는 성남 천막집 근처에 방이 딸린 가게를 얻어 그
곳에 미장원을 차렸다. 동네 길옆에 있는 집이었다. 나는 미장원
에 딸린 조그마한 방에 종일 이불을 뒤집어쓰고 누워 있거나 밖
으로 나돌아다니는 것이 고작이었다.

내 꼴은 마치 미친놈의 그런 꼴이었다. 눈알은 충혈되어 빨갛게
핏발이 서 있었고 얼굴과 머리는 씻지 않고 감지 않아 때가 끼고
수세미가 되어 있었으며, 옷이라곤 아무렇게나 입고 있었다.

약 없이 지내는 그 증세들과 고통은 나를 다만 그렇게 미친 인

간으로 몰아가고 있었다. 그 고통을 이기지 못해 산에 올라가 나무에 머리를 마구 들이박으며, 나무를 붙잡고 처절하게 몸부림치며 울부짖곤 했다. 그리고 길거리며 아무 데나 주저앉아 그 고통을 이기지 못해 머리를 부여안고 몸부림쳤다. 그 고통을 이기지 못해 완전히 미친놈이 되어 거리를 헤맸고, 나에게 시비하는 놈은 누구나 붙잡고 물고 늘어지며 피 터지게 싸웠다. 그리하여 얼굴은 피투성이가 되고 옷은 갈기갈기 찢어져 집으로 돌아오곤 했다.

나를 집에 있지 못하게 하며 더욱 미치게 했던 것은, 미장원 건너편에 있는 라디오 방에 설치해 놓은 스피커에서 흘러나오는 노랫소리였다. 그리고 길거리에서 떠드는 자동차·리어카 행상의 확성기 소리, 미장원에 온 여자 손님들의 그 눈초리 등이 나의 신경을 극도로 자극하며 나를 폭발시켰다.

라디오 방의 스피커를 때려 부쉈고, 행상인들의 멱살을 붙잡고 얼굴을 들이박아 코피를 쏟게 했다. 그래서 파출소와 경찰서를 드나들었고 그럴 때마다 어머니와 아내가 달려와 "제정신이 아니라서 그러니 용서해 달라."라고 하면서 울며 애걸했다. 또 동네 아주머니들이 달려와 이 사람은 이러이러한 제정신이 아닌 사람이라면서 미친놈으로 증언해 버려, 그때마다 집으로 돌려보내졌다. 그 이후로 또 싸움해 파출소나 경찰서로 가면 아예 미친놈 취급을 당해 돌려보내지곤 했다.

하루는 또 그렇게 길거리에서 싸우고 피투성이가 되어 집으로 돌아오니 소처럼 묵묵히 순종하며 착하던 아내가 "미치려면 똑바로 미쳐라!"라면서 악을 쓰며 대들었다. 아내를 만난 후 처음 당하는 일이었다. 순간 내 정신이 아니었다. 미장원 한 귀퉁이에 놓여 있는 연탄집게를 집어 들고 아내를 사정없이 내려쳤다. 그러자 아내는 외마디 비명을 지르며 쓰러졌다. 쓰러진 아내를 또 사정없이 연탄집게를 들고는 닥치는 대로 온몸을 난타했다.

아내는 거의 기절하다시피 했다. 뒤늦게 달려온 집주인 아주머니와 동네 아주머니들이 말리는 틈을 타 아내는 기다시피 하며 겨우 미장원을 빠져 도망쳤다. 이튿날 아침 아내는 말없이 아침밥을 지어 주었다. 나는 아내의 온몸을 훑어보았다. 아내의 온몸은 까맣게 살이 죽어 피가 터져 있었다.

다음 날 아침 아내는 보이지 않았다. 미장원의 고데, 가위 등 미용 기구와 아내의 옷들도 여행용 가방도 보이지 않았다. 어머니에게 달려갔다. 어머니도 모른다고 했다. 그러면서 어머니는 황급히 미장원으로 달려오셨다. 엊그저께 일을 알고는 눈물을 글썽글썽하시며 "불쌍한 것, 불쌍한 것." 하면서 눈물을 뚝뚝 흘리셨다. 그리고 나의 가슴을 치며 "이 새끼야! 미치려면 곱게 미쳐라! 원식이 에미가 무슨 죄가 있느냐. 이 새끼야!" 그러고는 방바닥에 주저앉아 방바닥을 치면서 통곡을 하셨다. 나는 그러는 어머니를 멍하니 내려다보면서도 아무 생각이 없었다. 다만 칼로 온몸을 가르는 듯한, 전신을 휩쓸고 있는 그 고통만을 의식하고 있을 뿐이었다.

아내는 떠나 버린 것이다. "그래 잘 갔다! 잘 갔어!" 그렇게 중얼거리면서 앞 구멍가게에 들어가 소주병을 들고 병째로 들이켰다. 한 병을 마시고 두 병을 마셨다. 온몸에 취기가 돌면서 정신이 몽롱해 왔다. 길거리로 뛰쳐나갔다. 그리고 고래고래 소리 질렀다. "이 씨팔놈들아! 이 씨팔할 놈들아!" 그러면서 길을 뛰어내려갔다. 그러다가 쓰러졌다.

내가 눈을 떴을 때 옆에는 어머니가 앉아 계셨다. 어머니의 천막집이었다. 어머니는 나를 보고 눈물을 글썽글썽하고 계셨고, 밖에서는 원식이 두식이 두 녀석이 노는 소리가 도란도란 들렸다. 나는 몸을 일으키려 했다. 그러나 얼굴과 팔다리에 고통이 오며 몸을 가눌 수가 없었다. 길에서 넘어지면서 얼굴이며 무릎이며 손바닥 할 것 없이 모두 까져 피가 엉겨 붙어 있었다.

3~4일 지난 후 아내를 찾기 위해 서울 전농동에 있는 처가로 갔다. 아내는 거기 없었다. 아내로부터 아무 연락도 없었다는 것이었다. 장모님은 무슨 일이 있었느냐며 나에게 다그쳐 물었다. 조금 말다툼을 했는데 집을 나갔다고 거짓말을 했다. 나는 허탈한 가슴을 안고 집으로 돌아왔다. 아마 어디 미장원에 취직해 있

겠지.

그러나 서울, 아니 전국 어느 미장원에 취직해 있는지 그것을 어떻게 안단 말인가. 강원도 횡성으로는 가지 않았을 것이다. 거기는 내가 알고 있으니 가지 않았을 것이다. 서울 시내에 감이 잡히는 미용 재료상을 찾아 나섰다. 미용 재료상에서는 미용사들에게 미장원을 알선해 취직시켜 주기 때문이다. 그러나 몇 군데를 찾아갔으나 아내는 그곳에 오지 않았다는 것이었다. 며칠간 더 서울 시내 미용 재료상을 찾아다니며 알아보았으나 아내의 행방은 알 길이 없었다.

어머니는 여전히 아내를 생각하며 훌쩍훌쩍 울고 계셨고, 아버지는 나를 보면 "미치려면 곱게 미쳐라! 이 썩은 새끼야! 원식이 에미 같은 여자가 어디 있는 줄 아느냐. 네 새끼가 무얼 잘했다고 여편네를 두들겨 패느냐. 이 새끼야!" 하면서 나를 몹시 힐난하셨다.

사실 아버지 어머니는 며느리(아내)를 끔찍이 생각하셨다. 두 분이 자식(나) 때문에 떳떳하지 못한 탓도 있었지만, 천성은 몹시 착한 분들이었다. 아버지는 술만 취하지 않으면 말이 없이 색시처럼 얌전했고, 어머니는 마음이 여리고 눈물 많은 그런 전통적인 조선 여인이었다.

두 분은 남에게 거짓말할 줄 몰랐고 남을 속인다거나 하는 그런 것은 전혀 할 줄 몰랐다. 그저 곧이곧대로 살려고 하는 그런 순박한 마음들을 갖고 있었다. 아버지는 그 술 때문에 그리고 그 술주정 때문에 나에게 그 원망을 받아 왔다. 그러나 천성은 순직하고 착한 분들인 것만은 틀림없었다.

지금까지 며느리에게 큰소리 한번 쳐보지 못했던 어머니이고, 또 아버지도 아무리 술에 취해도 며느리 앞에서는 그래도 자제하는 미덕을 보여 왔다. 어머니는 늘 그러했듯이 원식이 에미가 불쌍하다며 너 같은 놈을 만나 그 고생을 한다면서 눈물을 흘리시곤 했다.

아버지 어머니는 함경남도 장진군 두메산골에서 태어나 어린 시절을 보냈으며, 함경남도 흥남에서 살다가 6·25 전쟁 당시 흥남 철수 때 어린 나와 밑에 두 동생, 두 고모님과 함께 배를 타고 거제도로 피란 내려오셨다.

어떤 인연

아내가 어디로 갔는지는 전혀 알 길이 없었다. 나는 아내 찾기를 포기하고 매일 술로 세월을 보냈다. 또 그렇게 미친놈처럼 산과 길거리를 헤매면서 그 고통과 싸우고 있었다.

그처럼 한 달이 지났을 무렵, 하루는 미장원 건너편 집에 사는 한 40대쯤으로 보이는 남자가 나를 찾아왔다. 그날도 나는 고통을 잊기 위해 술을 퍼먹고 미장원 방에서 잠을 자고 난 후였다. 평소에도 안면은 있었으나 알고 지내는 사이는 아니었다.

그는 나에게 안됐다는 위로의 말을 건넨 뒤 이야기를 걸어왔다. 괜찮다면 같이 집에 가 저녁이라도 함께하자는 것이었다. 나는 머뭇거리다가 그를 따라 그의 집으로 갔다. 그의 집은 시멘트 블록으로 엉성하게 지은 방 두 칸짜리 조그마한 집이었다. 한쪽 방에는 책꽂이에 성경책들과 찬송가책들이 꽉 차 있었다. 조금 후에 아주머니가 저녁상을 차려 들고 들어왔다. 아주머니가 한사코 권하는 바람에 그와 함께 저녁을 먹었다.

저녁을 먹은 후 그는 나에게 종교를 믿느냐고 물었다. 나는 종교를 믿지 않는다고 말했다. 그는 이런저런 이야기를 하며 종교를 믿는 것이 어떻겠느냐고 나에게 말했다. 그의 물음에 나는 종교를, 어떤 종교든 믿지 않겠다고 단호히 거절했다.

나의 증세들과 고통 때문에 무릎을 꿇고 하늘을 우러러 기도도 해 봤지만, 그것에 대한 아무런 응답이 없었다. 그것이 나의 가슴속에 알지 못하는 무엇에 대한 깊은 증오와 원망을 심어 주었던 것 같았다. 그래서 하나님의 존재 부정을 명확히 해 주었던 것 같아, 종교니 하나님이니 하는 것이 도대체가 허황하고 부질없는 것으로 가슴속에 굳은 신념으로 박혀 있었다.

아무튼 그날 이후 나는 그와 가까워졌고 그는 나에게 만날 때마다 위로의 말과 용기를 이야기해 주었다. 그리고 한사코 그의 집에 데리고 가 저녁을 함께하게 했고 삶에 대한 진지한 이야기를 들려주곤 했다. 그는 나에게 아무리 고통스럽더라도 어떤 것에도 화풀이하지 말고, 또 술 같은 것에 의지해서는 안 된다며 그 고통을 참고 이겨 나가야 한다고 말했다.

그러나 고통도 참을 고통이 따로 있지, 이런 고통을 어찌 참는단 말인가. 그것은 아프지 않은 사람이 하기 좋은 말일 뿐이라며, 나의 행동과 내가 술을 먹는 것을 합리화시키며 그의 말을 반박하고 나섰다. 그러나 그는 나의 이런 태도에도 아랑곳하지 않고 나를 만날 때마다 그 고통을 참고 이겨 나가야만 하며 또 술을 먹어서는 안 된다면서 간곡히 나에게 부탁하곤 했다.

그렇지만 그러는 그의 말은 내 귀에 들어오지 않았다.

'너는 아프지가 않으니까, 하기 좋은 말로 그따위 소리를 하지만 네가 한번 아파 봐라. 아마, 너는 나보다 더할 것이다. 아무리 하나님을 찾고 예수를 부르짖어 봐라. 그 고통이 없어지나. 웃기지 마라. 이놈아!' 하며 마음속으로 외치고 있었다.

나는 정말 약이 먹고 싶었다. 그 약을 먹고 싶어 몸부림칠 지경이었다. 그러나 첫째는 돈이 없었고, 둘째는 죽으면 죽었지 그놈의 의사에게는 다시는 가고 싶지 않았다.

그 고통을 이기지 못해, 너무나 그 약이 먹고 싶어서 하루는 아내에게 이야기했으나 한마디로 핀잔과 거절을 당하고 말았다.

실은 뻔히 아내의 사정을, 집안 사정을 잘 알면서 이야기한 내가 잘못이었다. 아내는 횡성에서 그래도 한 달에 얼마씩 저축해 방 딸린 가게를 얻어 미장원을 차렸던 것이다. 월세였는데 보증금이 모자라 한 달 후에 밀린 보증금과 월세를 꼬박꼬박 낸다는 각서를 쓰고 들었다.

거울, 의자 등 필요한 미용 기구도 미용 재료상에서 외상으로 갖고 왔으며, 미용에 필요한 파마 약, 염색약 등도 외상으로 들여왔다. 워낙 극빈한 동네라 하루에 아주머니 한두 명이 와 고데,

파마할 뿐이었고, 어떤 날에는 손님이 한 명도 오지 않았다.

그렇다 보니 생활비도 벌지 못했고 미용 기구, 파마 약값 등의 외상도 갚아 나가지 못했으며, 밀린 보증금과 월세는 막막한 처지에 있었다. 그렇다고 누구 하나 떳떳하게 버는 사람이 없었다. 아버지가 간혹 일하며 생활비를 보태는 형편이다 보니 생활이 말이 아니었다.

끼니도 되는대로 겨우겨우 이어나가는 형편이었다. 그런 처지에서 아내에게 약값을 이야기했으니 그것이 될 법한 이야기는 아니었다. 그래서 어쩔 수 없이 나는 그 고통을 참아 나가야만 했고, 동네 가게마다 술값 외상을 지며 술을 퍼먹으면서 그 고통을 참아 나가고 있었다.

어머니는 어떻게 해서라도 가게마다 외상값을 갚아 나가면서 나에게 술을 먹지 말고 싸움질을 하지 말라며 울면서 애원하셨다. 그러나 이미 목숨을 내던져 버린 처절한 자포자기와 자학 속에 빠져 버린 나로서는 어머니의 이야기도 그 누구의 이야기도 내 귀에 들어오지 않았다. 결국 아내가 나간 지 두어 달 만에 미장원에서 쫓겨나게 되었고, 미용 재료상에서 와 의자, 거울, 남은 파마 약, 남은 염색약 등 모조리 들고 가 버리고 말았다.

여명

　아내에게서는 두 달이 지나고 석 달이 지나도 소식이 없었다. 6월도 막바지로 접어든 어느 날이었다. 그날도 나는 전과 같이 구멍가게에서 술을 퍼먹고 있었다. 그런데 미장원 건너편, 40대 그 남자가 지나가다 가게 안에서 술을 들이켜고 있는 나를 발견하고는 가게 안으로 들어왔다.

　그는 나를 보자 내 손에서 술병을 뺏어 버리곤 내 손목을 잡고 밖으로 끌고 나가려고 했다. 순간 감정이 치밀어 올랐다. 그래서 그의 손에 쥐여 있는 술병을 도로 뺏으려고 했고, 그는 간곡히 나를 만류하면서 술병을 주지 않으려고 했다.

　"정 형! 이러시면 아니 됩니다. 몸 생각을 하셔야지요."

　"아니, 이거 놔요. 김 형! 내가 술을 먹는데 김 형이 무슨 상관이요. 이거 놓으란 말이오."

　나는 그의 손에 쥐여 있는 술병을 확 잡아 뺏었다. 실은 나는 마음속으로 그를 몹시 고깝게 생각하고 있었다. 그는 나를 진심으로 대하고 나를 위해 그렇게 간곡히 이야기하는 것 같았지만,

나는 그의 모두가 위선으로 보였다. 교를 믿는 입장에서 나를 대하는 그런 의무적인 행위로 보였던 것이어서, 한편 그의 그런 행위가 가증스럽기도 하고 추하게도 보이면서 나의 마음속으로부터 거부 반응과 배타적인 감정이 일고 있었다.

2~3년 전만 해도 나에게 고마운 말을 하는 사람이나 인간적인 사람에게는 눈물이 나도록 고마워했던 나였다. 그런데 그 의사를 알고 난 후부터 또 아내의 가출 등으로 극도로 마음이 뒤틀려 있었던 탓으로, 모든 인간의 행위가 겉과 속이 다른 그런 위선적인 인간들로 내 눈에 비쳤다.

그리고 뭇 인간들에게 깊은 불신감과 막연한 복수심을 갖고 자포자기와 자학 속에서 살고 있었다. 그래서 조금이라도 나를 보는 눈치가 이상해도, 또는 조금만 나에게 뭐라고 해도 길거리에서든 어디서든 죽기 아니면 살기 식으로 덤벼들며 싸웠다.

그는 나에게 술병을 뺏기고 나자 결사적으로 다시 나의 손에서 술병을 뺏으려고 했다. 그러다가 술병이 땅에 떨어지면서 깨졌고 술은 바닥에 흩어져 버렸다. 순간 내 눈에서 불똥이 튀었다. "이 더러운 놈이." 하면서 그의 얼굴을 들이박고 말았다. 그는 외마디 소리를 지르면서 얼굴을 감쌌다. 얼굴을 감싼 손 사이로 피가 뚝뚝 떨어졌다. 다시 손으로 감싼 그의 얼굴을 주먹으로 사정없이 갈겼다. 나는 누구를 때리면 모질고 독한 주먹을 휘둘렸다. 누구에게나 증오와 한(恨)이 맺힌 살기 어린 주먹이었다.

그의 얼굴은 피가 낭자했고 때리는 나에게 반항할 생각도 하지 않고, 그대로 얼굴을 감싸 쥔 채 맞고 있었다. 나는 흥분이 가라앉자 다시 술병을 따서 병째로 마시려 했다. 그러자 그가 다시 피투성이가 된 손으로 내 손목을 잡고 막 입으로 가져가려는 술병을 뺏으려 했다.

그의 태도는 필사적이었다. 그와 나는 술병을 잡고, 뺏고 뺏기지 않으려고 했고 그러다가 또 술병이 바닥에 떨어지면서 깨져버렸다. 나는 다시 다른 술병을 진열장에서 꺼냈다. 그는 그래도 자기 몸을 돌보지 않고 또 술병을 뺏으려고 필사적이었다.

그때 가게 안으로 아버지와 어머니가 들어오셨다. 아버지는 나를 보자 나에게서 술병을 뺏고는 나의 뺨을 사정없이 후려갈겼다. 어머니는 "이 새끼야! 이 새끼야! 미치려면 곱게 미쳐라!"라면서 나를 붙잡고 내 가슴을 치면서 우셨다. 그리고 피로 범벅이 된 그의 얼굴과 손을 어루만지며 용서를 빌었다. 가겟방 주인이 집으로 달려가 아버지 어머니에게 알렸던 것이다.

나는 아버지에게 멱살을 잡혀 끌려 나갔고, 밖으로 나오자 잡힌 멱살을 뿌리치고 길을 뛰어 올라갔다. 그리고 산으로 올라가 "야! 이 씨팔놈들아! 야! 이 씨팔할 놈들아!" 하면서 산 아래를 향해 고래고래 소리 질렀다. 해는 어느덧 서산에 걸렸다. 여름날의 시원한 저녁 바람이 얼굴을 스치고 지나갔다.

그 이후로도 그는 나를 따라다니다시피 하며 내가 술을 먹는 것을 결사적으로 만류했다. 그리고 나에게 술을 먹지 말고 모든 고통을 이겨 나가야 한다면서 여전히 간곡히 부탁했다. 나는 결국 그의 그러한 집념에 차츰 술을 먹을 기회를 잃었고 거리를 방황한다거나 싸움질하는 횟수가 줄어져 가고 있었다.

그해 여름이 가고 겨울이 왔을 때 나는 술과 방황과 싸움질에서 점점 멀어져 가게 되었고, 그 지독한 고통도 약과 술 없이도 서서히 가라앉는 것을 알게 되었다.

이것은 실로 충격적인 변화가 아닐 수 없었다.

'약을 먹지 않고도, 술을 먹지 않고도 이 고통이 사라져 가고 있다니. 이게 꿈이냐! 생시냐!'

나는 속으로 말로 표현할 수 없는 기쁨에 젖어 있었다.

실은 약이나 술을 먹지 않으면 이 고통이 극에 달해 어디가 터져 죽는 줄만 알았다. 그런데 술에 대한 그의 필사적인 만류에 차츰 영향을 받아 가면서 죽을 테면 죽어라 하는 각오로 차츰 술을 줄여 갔고, 이를 악물고 그 고통을 참고 이겨 나갔다.

약과 술로 20여 년간 견디어 왔던 그 고통이 약과 술 없이도 덜해 가고 있다는 그 사실에 대해 다만 혁명과도 같은 순간을 맞이하는 그런 희열과 기쁨에 들떠 있었다. 가슴을 활짝 열고 소리

높여 이 기쁨을 목이 터져라 외치고 싶었다.

'약과 술 없이도 이 고통이 덜해 가다니.'

다만 그 사실이 꿈만 같았다.

'여기서 주저앉아서는 안 된다. 병의원과 약으로도 그 무엇으로도 고치지 못했던 이 골수에 박힌 증세들을 어쩌면 내 힘으로 고칠 수 있을지 모른다.'라는 어떤 한 가닥 가느다란 희망이 내 가슴 밑바닥으로부터 살며시 고개를 내밀고 있었다.

후회

크리스마스를 며칠 앞둔, 그해도 다 저물어 가는 몹시도 추운 어느 날 밤이었다. 밖에서 문 흔드는 소리가 들렸다. 나는 그날 밤 잠을 이루지 못하고 몸을 뒤척이며 고통 속에 파묻혀 있었을 때였다.

불현듯 겁이 났다. 그러나 용기를 내어 자리에서 벌떡 일어나 판자로 엉성하게 만든 방문 앞에 서서 밖을 향해 누구냐고 물었다. 그러나 밖에서는 아무 대답이 없었다. 방문 틈 사이로 밖을 내다보았다.

희미한 달빛 아래 누군가가 서 있었다. 재차 누구냐고 소리쳤다. 그러자 잠자고 있던 어머니가 깨어났고 밖에서 "저예요." 하는 가느다란 여자 목소리가 들렸다.

어머니가 그 소리를 듣고는 방문을 와다닥 열고 밖으로 뛰어나가셨다. 아내였다. 아내는 한 손에는 집 나갈 때 갖고 나갔던 여행용 가방과 다른 손에는 보따리를 들고 있었다.

"원식이 에미 아니냐?"

어머니는 그러면서 울먹였고 금세 눈물을 흘리시며 아내의 손에서 가방과 보따리를 빼앗아 들고는 아내를 방으로 데리고 들어왔다. 어머니는 자고 있는 아버지와 원식이 두식이 두 녀석을 두들겨 깨웠다. 아버지는 술에 취해 있어 눈을 뜨다 말고 도로 몸을 돌리며 잠이 들었다. 나는 아내를 보자 마음속으로부터 뭉클한 것이 올라오면서 목이 메었다. 그리고 아무 말도 할 수가 없었다.

"두식아, 엄마가 왔다."

어머니는 잠에서 덜 깬 두 손자 녀석들의 어깨를 잡아 흔들었다. 두 녀석은 엄마를 보고도 쭈뼛쭈뼛 부끄러워하며 잠이 덜 깼는지 손등으로 눈을 비비고 있었다. 아내는 작은 녀석을 끌어당겨 무릎에 앉히고는 보따리를 풀고 과자를 녀석의 손에 쥐여 주었다. 녀석은 부끄러운 듯 그것을 받아 쥐고는 도로 할머니 품으로 가 버렸다.

어머니는 그 밤중에 부엌으로 나가 밥을 지으려 하셨다. 아내가 한사코 만류했으나 어머니는 막무가내였다. 아내는 집 나갈 때보다 얼굴이 더욱 수척해 있었다.

'내가 죽일 놈이야. 내가 죽어야 해!'

나는 아내를 보자 아내가 나간 후 아내에 대해 쌓였던 분노와 울분은 어디론가 사라져 버리고 그런 자책과 후회가 내 가슴을 치고 있었다.

생각해 보면 정말 불쌍한 아내였다. 집에서 남들처럼 따뜻한 저녁을 준비하고 남편이 돌아오면 애들과 함께 저녁상을 같이하며 오순도순 단란한 가정과 엄마의 행복을 맛보아야 하는 아내였건만, 밖으로만 나돌며 가정에서 남편과 애들과의 단란한 행복을 가질 수 없었던 아내였으니……

단지 원지동에서 잠깐이나마 애들을 데리고 냇가 방죽에서 퇴근해서 돌아오는 남편을 기다리며, 직장에서 돌아온 남편과 애들과 함께 저녁상을 같이하며 지냈던 시절이 아내에게 있어서는 유일한 행복한 시절이었다.

그런데 그런 아내를 그렇게 모질게 학대했으니, 더군다나 아내의 온몸이 까맣게 되어 피가 터지도록 때렸으니 내가 이 벌을 어떻게 다 받아야 한단 말인가. 너무나 증세들과 고통 때문에 어떻게 할 수 없을 때는 아내의 말 한마디 한마디 모두가 가슴에 비수처럼 와 꽂혔고, 그럴 때는 내 정신이 아니면서 아내를 구타하면서 학대했다.

그럴 때마다 아내는 방 한구석에 쭈그리고 앉아 그대로 저항도 없이 맞으면서 그 앳된 얼굴에 눈이 퉁퉁 붓도록 하염없이 눈물만 흘리고 있었다. 그러면서도 애들과 남편을 위해 눈물을 거두고 생활 전선에 뛰어들곤 했던 아내였는데.

'내가 죽어야 하는데, 내가 죽어야 하는데.'

나는 아내를 구타하고 학대할 때마다 그렇게 자학과 후회 속에 비탄에 빠지곤 했다. 그러나 그것은 그때그때뿐일 뿐, 다시 증세들과 고통으로 자포자기와 자학 속에 빠져들 때면 또 아내의 한마디, 일거수일투족이 가슴에 맺히면서 또 포악해져 갔다.

그렇게 매를 맞으면서도 착하고 순종만 해오던 아내였고, 애들과 남편과 집안을 위해 헌신해 오던 아내가 오죽했으면 집을 나가 소식을 끊었을까. 그간 얼마나 번민과 고뇌 속에서 애들과 집이 그리웠을까.

내가 그런 생각에 잠겨 있을 때 어머니가 부엌에서 밥상을 차려 들고 방으로 들어오셨다. 아내가 얼른 밥상을 받았다. 된장 속에 묻어 둔 시래기와 풋고추 등을 쓱쓱 썰어 만든 된장찌개가 상에 놓였다.

어머니는 아무렇게나 주물럭주물럭 음식을 만드시는 것 같아도 그렇게 맛이 있었다. 원식이 두식이 두 녀석은 어느새 자리에 누워 잠들어 있었다. 아내와 같이 밥을 먹고 난 뒤 나는 곧 윗목에 자리를 깔고 누웠고, 어머니와 아내는 밤이 이슥하도록 이야기하고 있었다.

최면 요법

아내는 며칠이 지난 후 서울에 있는 미장원에 취직해 나갔다. 나는 여전히 증세들과 고통과 싸우며 지내고 있었다. 물론 술을 먹지 않고 이를 물며 고통을 이겨 나가고 있었다. 미장원 건너편 그 40대 남자는 여전히 나에게 위로의 말과 용기를 불어넣어 주었다. 그의 끈질긴 집념과 애정 앞에서 이제는 함부로 자포자기, 자학적인 이야기나 행동을 할 수가 없었다.

그리고 이따금 덜해 가던 고통이 전과 같이 심한 고통을 안겨 줄 때는 가끔 그의 집으로 그를 찾아가 그로부터 위로의 말을 구하곤 했다. 하여간 이렇듯 고통은 어떤 때는 심해지다가 어떤 때는 덜해 지면서 곡선을 그리며 서서히 덜해 가고 있었다.

겨울이 지나고 봄이 왔다. 그 따뜻한 어느 봄날, 집 동네 근처 길거리를 배회하던 중 우연히 길바닥에 떨어져 있는 신문지 광고 조각의 한 글귀에 눈이 갔다. 사람들의 발길에 짓밟혀 희미해진 조각이었다. 그것을 집어 들고 읽어 보았다. 그 광고 조각에는 다음과 같은 글귀가 적혀 있었다.

'노이로제, 신경 쇠약, 신경과민, 우울, 불안, 초조 등은 마음에서 오는 마음의 병으로서 잘못된 병적 관념이 무의식 속에 깊이 뿌리박혀 있으며, 그것이 의식 면에 나타나 실질적인 기질적 증상을 일으키는 것이다. 그러므로 그와 같은 무의식 속의 병적 관념을 제거하기 위해서는 무의식을 지배하는 최면 암시 요법이 가장 좋은 요법인 것이다.'

대충 이런 요지의 내용이 그 광고 조각에 적혀 있었다. 그리고 'ㅇㅇ 심리 연구원'이라고 적혀 있었고 그 밑에는 약도와 전화번호가 있었다.

그 ㅇㅇ 심리 연구원은 종로 3가에 있었다. 그 광고 조각을 조심스럽게 접어 주머니에 집어넣었다. 그 광고 조각을 보고 내심으로 짚이는 데가 있었다. 20여 년간 병의원을 전전하며 약을 먹어 오다가 약을 먹지 못하게 되었고, 약 없이도 그 고통이 누그러들고 있음을 체험했다. 어쩌면 이것들은 고칠 수 있다는 한 가닥 가느다란 희망에 가슴이 설레고 있던 때여서, 이런 글귀는 나의 눈에 확 뜨이기에 충분했다.

아내를 찾아가 돈을 마련해 그 광고 조각을 들고 ㅇㅇ 심리 연구원을 찾아갔다. 종로 3가에 있는 그 심리 연구원은 쉽게 찾을 수 있었다. 건물 4층 한 사무실에 간판이 걸려 있었다. 안으로 들어가니 적당한 크기의 공간에 소파 등이 놓여 있었고 안쪽 큰 책상 위에는 '원장 ○○○'이라는 명패가 놓여 있었다. 그 책상 뒤에 40대로 보이는 남자분이 앉아 있었다.

그는 나에게 다가와 인사를 하면서 명함을 건넸다. '○○ 심리연구원 원장 ○○○'이라고 적혀 있었다. 그는 나의 이야기를 다 듣고 난 후 여사무원에게 책을 갖고 오라고 말했다. 원장은 그 책을 권하면서 이 책을 사서 읽어 보라고 했다. 저자는 원장 이름으로 되어 있었다. 2~3권 모두가 최면 요법에 관한 책들이었다. 시중 서점에서도 판다는 것이었다.

물론 책 사 보고 싶은 마음은 있었으나 독서 막힘 증세가 마음에 걸렸다. 그래서 책은 나중에 사 보겠다고 하고는 책보다는 직접 치료받고 싶어 왔다고 했다.

원장은 나의 이야기를 듣고는 치료 시간을 이야기해 주었다. 아침·낮·저녁 시간으로 되어 있는데 아무 때나 편리한 시간대에 와서 하루에 한 시간씩 2주간 받으면 된다고 했다. 치료비가 얼마냐고 조심스럽게 물었다. 내가 갖고 온 액수의 거의 두 배가 되었다. 원장에게 사정했다. 원장은 나의 사정을 잠자코 듣고 나서는 여사무원보고 접수하라고 했다.

그 이튿날 저녁 시간에 맞춰 그곳으로 나갔다. 사무실 한쪽에 가림막이 놓인 곳이 있었는데 원장은 나보고 거기 들어가서 앉으라고 했다. 안으로 들어가니 8~9명의 사람들이 소파에 앉아 있었다. 빈자리를 찾아가 앉았다.

조금 후에 원장이 들어와 그 역시 소파에 자리 잡고 앉았다. 원장은 사람들에게 눈을 감고 온몸에 힘을 빼고 편안한 자세를 취하라고 했다. 시키는 대로 했다. 심호흡을 몇 번 들이쉬라고 했다. 역시 시키는 대로 했다. 그대로 가만히 앉아 있으라고 했다. 잡념이 떠오르면 떠오르는 대로, 소음이 들리면 들리는 대로, 그대로 내버려 두라고 했다.

한 2~3분이 지난 뒤 "몸이 점점 무거워 온다. 몸이 점점 무거워 온다. 힘이 하나도 없다. 힘이 하나도 없다."라고 원장이 조용하게, 차분하게 이야기했다. 그는 이어 계속 "온몸에 힘이 전부 빠졌다. 몸은 점점 더 무거워 온다. 몸은 점점 더 무거워 온다. 온몸에 힘이 하나도 없다. 몸은 점점 더 무거워 온다. 아, 온몸에 힘이 하나도 없다. 몸은 점점 더 무거워 온다. 아, 마침내 몸은 천근만근 무거워졌다. 몸이 점점 땅으로 꺼져 들어간다. 몸이 땅으로 꺼져 들어간다. 아, 졸음이 온다. 졸음이 온다. 눈은 천근만근 무겁다. 아, 졸음이 온다. 깊은 잠에 빠져들어 간다. 깊은 잠에 빠져들어 간다. 아, 깊이 잠을 잔다. 아, 깊이 잠을 잔다. 마침내 깊이 잠이 들었다. 깊이 잠을 잔다. 깊이 잠을 잔다. 아, 깊이 잠을 잔다."라고 말하더니 곧 조용해졌다.

그러나 나는 정신이 산만하고 두통이 나면서 정신 집중이 되지 않았고 원장의 이야기(암시)는 도무지 먹혀들어 오지 않았다.

"이제는 점점 깊은 잠에서 깨어난다. 점점 깊은 잠에서 깨어난다. 점점 깊은 잠에서 깨어난다. 아, 잠에서 깨어난다. 마침내 잠에서 깨어났다."라는 원장의 암시에 의해 눈을 떴다.

어떤 사람은 정말 깊은 잠에서 깨어난 듯 눈을 비비고 있었다. 원장은 한 사람 한 사람에게 물어보았다. 두어 사람은 잠을 잤다고 대답했고, 어떤 사람은 어수선한 잡념으로 헤맸다고 했다. 나도 잡념과 생각의 혼란으로 헤매다가 끝났다고 대답했다.

"우선 나를 믿어야 하고 내가 말하는 암시를 그대로 받아들여야지, 그것을 비판하고 우습게 생각한다거나, 마음속으로부터 거부와 불신이 생기면 도저히 최면 상태에 들어갈 수 없습니다."라고 원장이 말하면서 최면에 빠졌던, 즉 잠을 잤다는 두 사람에게 지금 기분이 어떠냐고 물었다. 그들은 "머리가 상쾌하고 기분이 좋습니다."라고 대답했다. 그럴 것이다. 잠을 자고 났으니 머리가 상쾌하고 기분이 좋을 것이다.

"여러분은 머리와 몸이 긴장되어 있으며 굳어 있습니다. 그래서 정신적·육체적 제반 기능에 제동이 걸려 원활히 제 기능을 발휘하지 못하고 있는 것입니다. 그러니까 마음과 몸을 풀어야 하는데, 그 푸는 방법이 최면에 의한 이완 훈련을 하는 것이 가장 좋은 방법입니다. 그래서 결국 마음과 몸이 풀어지면 노이로

제의 제반 증세는 물러가 버리고 마는 것입니다."

원장은 이렇게 말하고 오늘은 끝났다고 하면서 자리에서 일어났다. 그리고 우리에게 카세트 녹음테이프 한 개씩을 주면서 집에서 시간 있을 때마다 들으면서 계속하라는 것이었다. 나는 그 이튿날도 같은 시간에 가서 똑같은 최면 요법을 받았으나 역시 최면에 빠져들지 못했고 전날과 같이 잡념과 생각의 혼란 속에서 헤매다가 끝나고 말았다.

그도 그럴 것이 생각이 자연스럽게 흐르고 상상이 자연스럽게 되어야 암시에 걸리고 최면에 빠져들게 될 것이다. 그런데 이것이 되지 않는데, 암시와 최면에 걸리려고 그 사고 막힘의 증세들과 싸우면서 신경 쓰다 보니 얼굴과 등골에서 식은땀이 흘렀다.

이것은 나에게 고통을 주는 행위였고, 그러고 나면 더욱 머리는 굳어지고 뻣뻣했다. 원장에게 그런 나의 사정을 이야기했지만, 그는 다만 "내 암시를 받아들이는 마음의 자세가 안 되었기 때문에 그런 것입니다." 하면서 자기 암시를 비판 없이 그냥 받아들여야만 한다고 이야기할 뿐, 그렇게 할 수 없는 나의 의식 구조를 이해하려고 하지 않았다.

도대체가 암시를 받아들일 수 없는 나의 사고($思考$)의 구조적 문제를 외면한 채, 자기의 암시를 비판 없이 받아들이는 마음의 자세를 취하라고만 하니 나로서는 답답하기 이를 데 없었다.

내가 가장 고민하는 이 증세를 없애기 위해 여기 왔는데, 그래서 그 증세로 말미암아 그의 요법이 받아들여지지 않는데 말이다.

나는 그래도 빠지지 않고 심리 연구원을 계속 다녔다. 원장의 암시가 걸리지 않는 것은 여전했다. 그러나 이상하게도 멀쩡한 몸 어디에 좀 이상한 느낌이 든다든가 아프다는 느낌이 들면, 그곳에는 곧 암시가 걸려 그쪽으로 더욱 이상한 느낌이나 아프다는 느낌이 들었다.

즉 불안한 마음 상태에서 '이러면 안 되는데' 하는 걱정에서 그것을 막으려 하면 그럴수록 급속도로 그쪽으로 암시가 쏠리곤 했다. 원치 않는 그런 암시는 잘 걸렸다. 그래서 그런 역암시의 두려움을 얻게 되었다.

그렇지만 이런 역암시의 영향도 잠시일 뿐 오래 가지 않았고, 곧 사라지곤 했다. 그렇다면 정상 암시에 걸린다 해도 역암시의 영향처럼 그 영향이 오래 가지 않을 것이다. 그러면 암시의 효과는 기대할 수 없는 것이 아닌가. 약처럼 잠시 효과 있을 뿐 근본적인 치유 방법이 될 수는 없을 것이다. 최면 요법도 일시적으로 일어나는 현상을 이용하는 상술에 불과하다는 생각이 들었다.

하루는 같이 최면 요법을 받고 있던 한 남자에게 물어보았다. 그도 나처럼 역암시에 시달리고 있다고 했다. 그 영향도 나처럼 잠시일 뿐, 곧 정상으로 돌아온다고 했다. 자기는 원장의 암시도 잘 먹혔고 집에서도 정상 암시도 잘되는데 그 영향은 잠시일 뿐, 오래 가지 않았다고 했다. 근 2개월간 그곳에 다녔는데 암시의 효과는 그때뿐일 뿐, 너무 암시에 의존하다 보니 그 암시에만 의존하는 상습 집착에 빠졌다는 것이다.

그럼에도 불구하고 나는 기어이 정상 암시에 한번 걸리고 싶은 오기가 발동했다. 나는 2주일가량 다니다가 그만두었다. 그리고 녹음기를 사서 집에서 해 보기로 했다.

산 밑 외딴집에서

청계천에서 헌 카세트 녹음기를 한 대 샀다. 그리고 기어이 정상 암시에 빠져들어 보려고 원장이 준 카세트 녹음테이프를 집에서 틀었다. 내용은 원장이 사무실에서 직접 하는 내용과 같았다.

나는 한두 번을 집에서 틀어 보았으나 이것저것 밖에서의 시끄러움과 소음이 귀에 거슬려 의식과 고통만 더욱 또렷해질 뿐 도저히 암시가 먹혀들지 않았다. 시끄러움과 소음이 없는 곳을 찾기로 했다.

그래서 녹음기를 들고 집에서 좀 떨어진 산으로 들어갔다. 어느 나무 밑 조용한 자리를 찾아 앉았다. 그리고 녹음기를 틀고 정좌하고 무릎 위에 손을 얹었다.

"몸이 점점 무거워 온다. 몸이 점점 무거워 온다."

녹음기에서는 암시가 흘러나왔다. 그러나 잡념이 떠오르고 생각이 막히는 그 고통은 여전했다. 산에 올라온 목적은 시끄러움과 소음을 피하기 위해서였다. 산은 조용했다. 그러나 눈을 감고 정좌하고 앉은 나의 귀에는 바람에 나뭇가지가 흔들리는 소리와 이따금 지저귀는 새소리가 들려왔다. 그것이 또 귀에 거슬렸다. 오직 내 귀에는 아무 소리도 들리지 말아야 했다.

그야말로 고요·정적(靜寂), 그것만이 내가 간절히 바라는 바요, 희망이었다. 그런데 그 소리는 더욱 내 귀를 거슬리며 확대되어 들려왔다. 녹음기에서 흘러나오는 암시에 전혀 집중되지 않았고 그 소리에 극도로 신경이 쓰이면서 귀는 더욱 예민해져가고 있었다. 결국 집에서와 같은 고통 속에서 헤매다가 자리를 박차고 일어나고 말았다.

내가 바라는 바는 오직 산속, 땅속 깊이 사방과 천장·바닥이 모두 두꺼운 콘크리트 벽으로 완전히 밀폐된 방에서 이 녹음기를 들으며 최면에 깊이 빠지고 싶은 그 일념뿐이었다.

그 땅속 깊이 콘크리트 벽으로 밀폐된 방에는 바람 소리도 새소리도 들리지 않을 것이고, 그야말로 정적, 그것만이 있을 것이기 때문이었다. 그러나 그것은 나에게 있어서 현실적으로 불가능한 일이었다.

그래서 집 근처 산 밑에 있는 조용한 집을 찾아 며칠간 헤매고 다녔다. 그러다가 운 좋게도 산 밑의 외딴곳에 있는 조용한 집을 하나 찾을 수가 있었다. 두꺼운 시멘트 블록으로 탄탄하게 지은 집이었으나 집이 오래되어 지붕과 외부가 낡아 있었다.

한쪽에 조그마한 부엌이 딸린 방 두 칸짜리 집이었다. 할머니

할아버지 두 분이 아랫방을 쓰고 있었고 윗방은 비어 있었다. 윗방은 정말 조용했다. 할아버지는 안 계셨고 할머니 혼자 계셨다.

나는 할머니에게 윗방을 세놓으라고 이야기했다. 그러나 할머니는 서울에 있는 아들이 곧 와서 쓸 방이라면서 곤란하다고 했다. 할머니에게 한두 달만 쓸 터이니 세놓으라고 졸랐다. 그리고 신발을 벗고 컴컴한 윗방에 들어가 문을 잠그고 정좌하고 앉아 보았다. 정말 아무 소리도 들리지 않는 괴괴한 정적만이 감도는 방이었다.

'그렇다! 이 방이 바로 내가 찾던 그런 방이다!'

가슴이 설레었다. 밖으로 나와 할머니에게 다시 사정했다. 할머니는 그렇다면 내일 다시 한번 와 보라는 것이었다. 할아버지와 상의해 봐야 한다는 것이었다. 할머니에게 신신당부하고는 이미 어둠이 깔린 저녁 길을 따라 집으로 돌아왔다.

이튿날 아침 일찍 그 집을 찾아갔다. 마침 할머니 할아버지가 함께 계셨다. 할아버지에게 정중하게 인사했고, 할머니에게 두근거리는 마음으로 조심스럽게 물었다. 그러자 할머니는 "그럼, 두 달만 쓰고 비워 주세요."라고 대답했다. 안도의 숨이 나왔다. 할머니 할아버지에게 깊숙이 허리를 굽혀 고맙다는 인사를 드리고는 집으로 돌아왔다.

그길로 또 아내가 있는 서울 미장원으로 찾아가 아내를 졸랐다. 아내로부터 방세 낼 돈을 타 가지고는 이튿날 녹음기, 이불과 간단한 살림살이를 챙겨서 이사했다.

어머니가 한사코 따라오셔서 방을 치우고 이불과 갖고 온 그릇들을 정리해 주셨다. 그리고 밖에 나가 새로 사 온 연탄 풍로에 연탄불을 피운 후 냄비에 쌀을 안치고 할머니에게 나에 관해 이야기를 하며 여러 가지를 부탁하시는 것 같았다. 어머니에게 돌아가시라고 말했지만, 어머니는 기어이 남아서 밥상을 차려 주고 정오가 넘은 후에 돌아가셨다.

어머니가 돌아가신 후 방문을 잠그고 녹음기를 틀었다. 벽에 몸을 기대고 정좌 자세를 취한 후 무릎 위에 가만히 손을 얹어 놓았다.

"아, 마침내 몸은 천근만근 무거워졌다. 몸이 점점 땅으로 꺼져 들어간다."

녹음기에서는 원장의 암시가 조용히 흘러나왔다. 온몸에 힘을 빼고 축 늘어지듯 벽에 몸을 기댄 채 암시에 귀를 기울였다. 그러나 암시에 집중이 되지 않는 것은 여전했으며, 생각이 막혀 나가지 않고 역행되어 나가는 그 강박 고통이 오는 것은 마찬가지였다.

또 그것들을 끊으려고 다시 무진 애쓰는 싸움이 시작되었고 어느새 그로 인해 두통이 왔으며 등에서는 식은땀이 났다. 온통 머릿속은 그 생각의 막힘에서, 그 역행에서, 그 강박 고통에서 전전긍긍, 고투하고 있을 뿐, 녹음기에서 흘러나오는 암시에는 전혀 주의가 가지 않았다.

방안은 정말 쥐 죽은 듯 조용했다. 아무 소리도 들리지 않았다. 바로 고요, 정적 그것이었다. 오직 녹음기에서 흘러나오는 암시만이 들려올 뿐이었다.

고요의 끝에서 오는 '윙' 소리

　정말 조용한 곳에서는 증세들과 고통은 더욱 또렷하게 드러났고, 그것과 싸우는 의식도 더욱 명료하게 떠올랐다.

　방 안은 너무나 조용했다. 나의 귀에는 녹음기에서 흘러나오는 암시와 더불어 '윙' 하는 소리가 들리기 시작했다. 그것은 너무나 고요한 데에서 오는 소리였다. 나의 귀에는 이 소리도 들리지 말아야 했다. 오직 녹음기에서 흘러나오는 암시 이외에는 그야말로 아무 소리도 들리지 말아야 했다.

　그래서 그 소리마저 들리지 않도록, 이불 귀퉁이를 뜯어 솜을 꺼냈다. 그리고 솜으로 귀를 틀어막았다. 그래도 '윙' 하는 소리가 들렸다. 더욱 귀에다 솜을 쑤셔 넣었다. 귓구멍 속이 아프도록 조이고 조이면서 솜이 더 이상 들어갈 수 없을 때까지 귓구멍을 솜으로 틀어막았다.

　그래도 '윙' 하는 소리는 들렸다. 솜에다 물을 적셔 짠 후 다시 귓구멍을 틀어막았다. 그래도 '윙' 하는 소리가 들렸다. 마침내 온 정신을 그 '윙' 하는 소리에 빼앗기게 되었고, 그 소리를 없애려는 데에 온 신경을 쏟고 있었다. 그 소리는 녹음기에서 흘러나오는 암시 소리에 없어지는 듯하다가도 정적이 흐르면 다시 살아나 들려오곤 했다.

나는 그 소리를 없애지 못해 미칠 것 같았다. 그 소리가 없어져야만 암시에 걸려 깊은 최면에 빠져들게 되고 마음과 몸을 이완시켜 증세들을 없앨 수 있는 것이다. 그러니까 이 소리가 없어지지 않는 것은 정말 큰일이다. 나에게 있어서는 최대의 관심사요, 최대의 중대사였다.

그러나 아무리 귀를 틀어막고 별짓을 다 해도 그 소리는 없어지지 않을뿐더러 더욱 크게 들려왔다. 정말 큰일이었다. 생사가 걸린 중대한 문제였다. 그렇게 희원하던 정적, 그것이 왔는데, 그런데 그 '윙' 하는 소리가 없어지지 않으니 이 일을 어찌하면 좋단 말인가.

너무나 조용하면 오는 소리라는 것을 알면서도, 그 '윙' 하는 소리를 없앤다는 것은 무모한 짓이라는 것을 잘 알면서도 그것을 없애지 못해 안달이었고, 그 집착에서 떨어지지 못하고 있었다.

그러니까 그 상태에서 암시가 귀에 들어올 리 없었으며, 최면에 걸릴 리가 없었다. 그렇게 머릿속에서 생각의 막힘과 역행, 그 강박의 고통에서 고투하다가, 그 '윙' 하는 소리를 없애려고 별짓을 다 하다가 마침내 마음과 몸은 지칠 대로 지쳐 나가떨어져 버렸다.

'그놈의 윙 하는 소리를 없애야 하는데, 그놈의 소리를 없애야 하는데.' 하면서 울화가 치밀고 있었다.

그러나 어찌하랴. 그것은 정적 그 자체에서 오는 소리인 것을, 너무나 조용하니 오는 소리인 것을, 고요의 끝에서 오는 소리인 것을. 즉 그 소리는 고요의 극치인 것이다. 그 소리는 없어지지도 않을뿐더러 없어질 수도 없다.

'그렇다! 그 소리는 고요의 끝에서 오는 소리다. 그 소리를 들리지 않게 한다는 것은, 그 소리를 없앤다는 것은 불가능한 일이다. 다만 그 소리를 받아들이는 수밖에는 다른 도리가 없다.'

여기에 생각이 미치자, 분통이 터질 것만 같았다.

'그 소리를 없애지 못하고 그것을 받아들일 수밖에 없다니.'

나의 심사가 뒤틀리고 나의 오기가 그것을 허용하지 않았다. 내 마음 같아서는 그것을 받아들인다는 것은 도저히 용납할 수 없는 일이었고, 어떻게 해서든지 그 소리를 없애버려야만 했다.

그래서 밤이 이슥하도록 수없이 귓구멍을 솜으로 틀어막았고, 솜으로 틀어막은 귓구멍 귓바퀴 위를 옷을 포개어 덮고는 그 위에 손바닥으로 머리가 으스러지도록 양쪽 귀를 덮어 짓눌렀다.

그래도 그 '윙' 하는 소리는 들렸다. 들릴 수밖에 없었다. 이것은 오기도 아니요, 무슨 심사로 그 짓을 하는지 나도 알 수 없었다. 다만 그렇게 하지 않으면 안 되는 나의 뒤틀린 심사만이 있었을 뿐이었다.

그 이튿날도 어쩔 수 없이 그 '윙' 하는 소리를 없애려고 귀를 틀어막고 온갖 짓을 다 하고 있는데 어머니가 된장, 김치 등을 싸 가지고 오셨다. 그리고 또 점심을 해서 밥상을 차려 놓고 오후 늦게 돌아가셨다.

백발이 다 된 머리에 축 늘어진 어깨를 하고 힘없이 걸어가시는 어머니의 뒷모습을 바라보는 나의 마음은 슬프고 아팠다. 그래도 자식이라고 그 먼 데서 된장, 김치 등을 싸 들고 오시는 어머니의 그 정성이 돌처럼 굳어 버린 나의 마음을 움직여 주었고, 그 뒷모습을 바라보는 나의 눈에는 어머니에 대한 연민이 어려 있었다.

나는 고개를 들어 하늘을 우러러보았다. 구름 한 점 없는 맑은 날씨였다. 어느덧 4월도 지나고 5월이었다. 산기슭과 길가에 다투어 피던 개나리꽃 진달래꽃도 지고 싱그러운 신록이 산야를 덮어 가고 있었다.

힘의 원리

나는 그 '윙' 하는 소리를 들리지 않게 하는 것을 결국 포기하고 말았다. 그러나 내가 여기에서 얻은 획기적인 사실이 있었으니, 그것은 실로 나의 앞으로의 치료 방향에 있어서 결정적인 계기를 만들어 주었다.

그것은 내가 그처럼 거부 반응을 일으키던 그 '윙' 하는 소리에 결국 불가항력적(不可抗力的)인 입장에서, 어쩔 수 없는 나의 저항의 끄트머리에서, 내 힘으로는 도저히 어쩔 수 없는 힘의 한계에 부딪히고 보니, 마침내 그것에 무릎을 꿇고 항복하고, 결국 그것을 받아들일 수밖에 없다는 사실이었다.

그리고 그 받아들인 입장에서 그렇게 거세던 오기와 거부 반응이 죽어가며 결국 그것에 적응하게 되고, 그 소리가 아무런 방해 작용이 되지 않으면서 암시 등에 신경을 쓸 수 있었다는 사실이었다.

그렇다면 이것은 무엇을 뜻하는가. 이쪽에서 어쩔 수 없는 힘의 한계에 부딪히면 저쪽 더 센 힘, 그것에 굴복하고 그것에 적응하며 그런 것은 아무렇지 않게 생각하며 살아갈 수 있다는 사실이다.

만약 그 소리가 내 힘의 한계와 내 거부 반응의 한계에 미치는 소리였다면, 나는 피투성이가 되며 싸우는 한이 있더라도 그 소리를 기어이 없애 버리고 말았을 것이다. 그 좋은 예로는 밖에서 시끄럽게 하는 행상인들이나, 라디오 방의 확성기 소리 등은 하루에 열 번이고 스무 번이고 나가 머리가 터지게 싸우는 한이 있더라도 기어이 못 하게 하고 말았는데, 집 밖의 도로를 달리는 자동차의 소음에는 그렇게 신경이 가지 않고 그냥 무관심하게 흘려보낼 수 있었다는 사실이었다.

이것도 따지고 보면 이 자동차 소음도 내 힘으로는, 내 거부 반응으로는 도저히 어쩔 수 없는, 나의 힘이 미치는 한계 밖에 있었기 때문이다. 집 밖의 도로를 달리는 자동차를 어떻게 내 힘으로 안 다니게 할 수 있단 말인가. 그러니까 그것을 아예 포기하고 관심을 두지 않았다. 그래서인지 그것에는 신경이 가지 않고 아무리 시끄러워도 '그건 그러려니' 하고 아무 장애 요소가 되지 않고 거부 반응도 없이 살아갈 수 있었다.

그런데 행상인이나 라디오 방에서 나오는 확성기 소리 등은 나의 신경을 극도로 자극하고 도저히 참을 수 없는 거부 반응을 일으켜 길길이 날뛰며 싸우면서 기어이 그것들을 없애 버려야만 했다.

결국 목숨을 걸더라도 내 힘의 한계에 있는 한, 그 소리(시끄러움, 소음 등)가 크든 작든 간에 그것들은 극도로 나의 신경을 자극했고, 도저히 참을 수 없는 거부 반응을 일으켜 기어이 그것을 없애 버려야만 했다.

그러면 도대체 왜 이런 현상이 일어나는가? 여기서 내가 알게 된 것은 결국 힘이 부치면 저쪽 더 큰 힘에 굴복하게 되고 저쪽 더 큰 힘을 받아들이고, 그것에 순응하며 그것에 흡수되어 간다는 '힘의 원리(原理)'가 작용한다는 사실이었다. 그러면 그러한 소음 거부 반응도 그것들을 자제할 수 있는 힘을 길러야 한다는 논리가 나온다.

그 자제하는 힘이, 그 신경을 자극하는 힘이나 거부 반응의 힘을 능가할 수 있을 정도로 강해지면 그 신경 자극이나 거부 반응도 결국 무력해질 수밖에 없을 것이기 때문이다. 즉 그것들을 능가할 수 있는 힘이 약해, 결국 그것들이 하는 대로 그것들에 끌려다니며 그것들의 노예가 되어 그 고통을 당했다.

그러므로 이제부터는 그것들을 능가할 수 있는 힘을 길러야 한다. 그리하여 그 힘으로 그것들을 누르고 능가할 때 그것들에, 즉 그러한 시끄러움이나 소음에 고통을 당하는 증세는 없어질 것이다.

그렇다면 이 힘을 길러 그것들(증세들)이 힘을 쓰지 못하도록 하면 될 것 아닌가. 그것들에 짓눌려 그것들에 끌려다니느니 정면 도전 해서 때려 부숴야 할 것이다. 피할 것이 아니라 정면 도전 해 그것들을 정복하고 그것들을 다스려야 할 것이다. 다시 말해 그것들에 지배당할 것이 아니라 그것들을 지배할 수 있는 힘을 길러야 한다.

생각해 보면 지금까지 20여 년간 그것들을 상전처럼 떠받들고 그것들이 하자는 대로 끌려다니며 병의원에 다니고 약을 먹으며 그것들을 어르고 달래며 별짓을 다 했다.

그러니까 그놈들은 기고만장해 깔고 뭉개고 차고 짓밟으며 저들의 천하를 만들어 그 횡포를 부렸다. 그렇게 힘이 약해 그것들에 끌려다니며, 그것들의 지배하에서 신음하며 그 고통을 당해 왔다.

이제는 그것들을 피하지도 말고 그것들에 끌려다니지 말며 그것들과 정면 도전 하여 그것들을 굴복시키고 그것들을 정복해야 한다. 그러기 위해서는 그 정복할 수 있는 힘을 길러야만 한다.

아무튼 이 '윙' 사건은 증세들이 생기게 한 원인과 그 증세들이 악화일로로 치닫게 했던 이유를 설명하는 데 방향을 제시해 주었다.

그 정적에서 오는 '윙' 하는 소리를 끝까지 없애려고 했던 그러한 무모한 완벽·완전을 기하려는 그 심리적 발동이 계속 증세들을 확산·심화해 나갔다.

　그리고 그것으로 인해 강박 증세가 생겨났고 그 강박 증세가 더욱 증세들을 확산·심화했으며, 악화시켜 나갔다. 이것을 무슨 큰 병으로 알고 전적으로 병의원과 약에 의존했던 것이 증세들을 퇴치하지 못하고 더욱 깊은 수렁에 빠지게 했던 요인이었다.

　결국 이것은 착각에서 출발한, 제반 심리적 농간에 의해 스스로 만든, 병 아닌 병이었다. 나는 이 사건을 계기로 앞으로의 치료 방향을 어렴풋이나마 잡아가고 있었다.

도전을 시작하다

그해 겨울, 나는 두 아들 녀석을 데리고 아버지 어머니 곁을 떠났다. 더는 아버지 어머니에게 폐를 끼치기 싫어서였고, 죽이 되든 밥이 되든 자식들을 내가 키워 볼 생각에서였다.

며칠 전에 서초동으로 방을 얻으러 돌아다녔다. 당시 서초동은 옛날 집들이 많은 시골 같은 동네였다. 그래서 방세가 쌀 것 같아 그곳으로 갔다.

그러나 애들이 있다는 이유로 방을 얻지 못했다. 이틀 동안 10여 집을 찾았으나 모두가 애들이 있다는 이유로 거절을 당했다. 하는 수 없이 헤매다가 어느 서초동 꽃동네를 찾아갔다. 나지막한 산 밑에 있는 비닐하우스에 꽃을 재배하는 조그마한 동네(지금 이 자리에는 서울고등 · 중앙지방검찰청사가 들어서 있다)였다.

비닐하우스 한쪽에 있는 움막 하나를 발견하고는 주인 영감님을 만나 허락을 얻고, 그리로 이사하기로 했다. 나는 무작정 두 녀석을 데리고 그리로 이사했다.

이듬해 3월이 되자 원식이와 동네 친구 효순이는 국민학교(초등학교)에 들어갔다. 움막 동네 맞은편 멀리 보이는 산 아래에 국민학교가 있었다. 서초동은 지역은 넓었으나 그 당시만 해도 꽃동네 사람들과 벼농사나 채소 농사에 종사하는 원주민들이 띄엄띄엄 마을을 형성하고 살아가고 있던 때였다.

이미 도시 개발 계획이 세워져 쭉쭉 뻗은 아스팔트 한길이 나 있었고 그 한길을 인접해 아파트와 주택들이 들어서고 있었다.

그러나 아파트와 주택들이 들어서고 있는 때여서 실질적인 인구 분포는 꽃동네 사람들과 다른 농사에 종사하는 원주민들이 주를 이루고 있었다. 그래서 지역은 넓었으나 취학 아동 수는 그렇게 많지 않아 그 산 밑에 오래된 국민학교 하나에 그 지역 전체 취학 아동들을 수용했다. 학교에서 멀리 떨어진 지역에서 학교 다니는 아동들도 많았다.

원식이와 효순이도 그 산 밑 먼 학교까지 아침이면 둘이 손잡고 등교했고 학교가 파하면 같이 돌아오곤 했다. 그러나 둘이 반이 틀려 어떤 때는 혼자 외롭게 집으로 돌아올 때가 있었다.

움막 동네 앞 아스팔트 길은 편도 2차선 도로로 그 산 밑 학교 근처까지 일직선으로 뻗어져 있었다. 그 한길을 달리는 차들은 전속력으로 달리다시피 하고 있었다. 게다가 뚜렷한 건널목도 없었고 네거리에는 신호등도 없었다. 더군다나 교통순경도 없었다. 그래서 그런 한길을 건너가며 학교에 다니는 녀석이 늘 불안하고 걱정이 되었다.

녀석이 학교에 간 지 서너 달이 지나면서 받아쓰기한 공책과 그림 그린 도화지에 '참 잘했어요'라는 스탬프가 찍혀 오곤 했다. 두식이 녀석도 방바닥에 배를 깔고 누워서는 형 공책을 꺼내 제 나름대로 글이랍시고 쓰기도 하고 그림도 그리곤 했다.

녀석은 형이 학교에 가고 나면 혼자 집에서 외롭게 지냈다. 처음에는 아빠와 함께 형을 따라 몇 번 학교에 갔다 왔으나 이제는 형이 학교에 가고 나면 혼자 움막에서 쓸쓸히 지냈다.

물론 내가 있기는 해도 형이 없으니 쓸쓸했을 것이다. 제 동갑내기의 또래는 동네에 없었으며 저보다 두세 살 많은 녀석들이 동네에서 판치고 있어 가끔 얻어터질 때도 형이 나서서 든든했다.

그래서 녀석은 늘 형을 그림자처럼 쫓아다녔고 원식이 녀석은 그런 동생을 끔찍이도 아끼고 사랑해 주었다. 그랬던 녀석이라 형이 학교에 가고 없는 시간이면 더욱 외롭고 쓸쓸해 보였다. 동네 아이들이 모두 학교에 가고 나면 저 혼자 움막 앞마당에 나와 돌멩이로 땅바닥에 그림을 그리며 외롭게 지냈다.

움막에 와서 생활하면서 나는 본격적으로 증세들에 정면 도전, 그것들을 이기기 위한 본격적인 싸움을 시작했다. 지금까지 나는 이런 증세들이 현대 의학이나 어떤 약물 수단에 의해 고쳐

지길 바랐고, 만약 그렇게 고쳐만 진다면 공부도 성공도 하루아
침에 이루어질 것만 같았다.

다만 이놈의 증세들 때문에 나는 아무것도 할 수 없었던 것이
고, 모든 것을 이 증세들 때문이라며 그 탓으로 돌리고 있었다.
이 증세들만 없어진다면 나는 아무리 어려운 책도 단숨에 읽어
버릴 것이고 어떤 생각도 막히지 않고 척척 나갈 것이며, 아무리
어려운 세상사 문제도 획획 돌아가는 머리로 막힘이 없이 모든
것이 척척 풀릴 것이라 여겼다. 이 증세들이 없어진다면 이 세상
에서 안 될 일이 없을 것 같았다.

그런데 그게 아니었다. 내가 그것을 바랬던 것이 실로 허망한
꿈이었다는 것을 알게 되었다. 나는 20여 년간 실로 웃지 못할
기막힌 허황한 꿈을 꾸어 왔다.

'지금의 이 처지가, 지금의 이 증세들과 이 고통이 바로 나이며
내 능력이다. 지금의 나에서 지금의 내 능력에서 시작해서, 여기
서 극복해 나가야 한다. 또한 그것이 엄연한 현실이다.'라는 생
각이 내 머리를 스치고 지나갔다.

그 증세들은 정신적으로나 육체적으로 어떤 기질적(器質的) 이
상이 있는 것이 아니고, 20여 년간 잘못된 생각들이 빚어낸, 심
리적인 농간에 의해 나 스스로가 만든 증세들이라는 것을 알게
되었다.

그렇다면 나 스스로가 만든 증세들이므로 나 스스로가 그 증세들을 없애야 할 것이다. 그 증세들을 없애는 것은 어떤 수단에 의해서 될 것이 아니라 내가 그 증세들에 정면 도전, 싸워 이겨야 하는 자기와의 투쟁인 것이다. 그것은 병의원이나 약이나 그 무엇에도 의지해서도 안 된다.

우선 책을 읽을 수 없는, 그 독서 막힘 증세부터 도전해 보기로 마음먹었다. 국어책보다는 영어책을 택하기로 마음먹었다. 책이 읽혀 나가지 않기는 국어책이나 영어책이나 마찬가지였기 때문이었다. 그래서 공부도 할 겸 해서 영어책을 택해 도전하기로 했다.

나는 당시 문화공보부에서 발행한 대한민국에 대한 해외 홍보용 영문 책자를 택했다. 그 책자에는 한국의 역사, 정치, 경제, 사회, 교육, 문화, 종교 등 한국에 대한 일체의 항목들이 수준 높은 영문으로 수록되어 있었다.

그 책을 택한 이유는 내가 만약 여행사에 통역안내사로 들어간다면 필연적으로 그 내용을 영어로 알아두어야 할 지식이었기 때문이었다.

그 당시 나의 영어 실력으로서는 그 책자의 거의를 막히지 않고 읽어 나갈 수 있는 실력이었으나 그 독서 막힘 증세 때문에 뻔히 아는 문장도 의식적으로 읽어 나갈 수가 없었다. 그 막힘 증세는 아무리 쉬운 문장이나 어려운 문장이나 마찬가지였다. 그것은 말더듬이가 아주 쉬운 말이나 어려운 말 가릴 것 없이 막히는 거나 마찬가지였다.

그래서 기왕이면 도전도 하고 공부도 할 겸 해서 그 책자를 택했던 것인데, 첫날부터 그 막힘 증세에 걸려 싸우다 쓰러지고 또 쓰러지곤 했다. 그러나 포기하지 않고 이튿날도 도전했고 또 다음 날도 도전했고 쓰러지면 다시 일어나 또 도전했다.

그 막힘 증세를 뚫으려고, 뒤로 도로 당겨지는 그 강박에 끌려가지 않으려고 있는 힘을 다해 도전하고 또 도전했다. 엄동설한 그 추운 움막에서 추위를 잊은 채 얼굴과 등골에 식은땀을 흘리면서, 읽기 위한 싸움을 계속했다. 아침에 시작해서 밤이 이슥하도록 끼니조차 잊은 채 도전하고 또 도전했다. 조그마한 밥상을 움막의 한쪽 벽을 향해 놓고는 그 위에 그 영문 책자를 올려놓고 도전과 저항의 싸움을 했다.

그러나 싸움은 번번이 나의 패배로 끝났고, 그러고 나면 더욱 머리와 온몸이 굳어 오는 고통을 안고는 결국 지쳐 쓰러지곤 했다.

그렇지만 나는 포기하지 않았고 매일매일 도전의 장을 열어 나갔다. 그리고 벽에다 '하다가 죽자! 도전하다가 죽자!'라는 글귀를 쓰고 그것을 쳐다보며 나를 분기시켰다.

꽃동네 움막에서

　서초동 움막에 들어와 본격적으로 제반 증세에 정면 도전하기를 한 달여. 그렇게 책과 싸우는 동안 원식이 두식이 두 녀석은 아버지의 행동이 이상했던지, 나의 그 처절하고 비장한 모습에 겁을 먹었던지, 감히 나에게 접근하려 하지 않았고 아침을 먹고 나면 바로 효순네 집으로 가서 살다시피 했다.

　한번은 녀석들이 내가 그렇게 식은땀을 흘리며 책과 싸우고 있는데 그날따라 효순네 집으로 놀러 가지 않고 방안에서 두 녀석이 싸우면서 나의 신경을 자극했다. 녀석들에게 조용히 앉아 있을 것을 말했으나 어디 녀석들이 조용히 앉아 있을 나이인가.

　두 녀석은 나의 신경을 극도로 자극했고 결국 화가 폭발하고 말았다. 그래도 그렇지, 녀석들을 그렇게 다루다니. 아마 그때는 내 정신이 아니었을 것이다. 나는 손에 잡히는 대로 아무거나 갖고 두 녀석을 때렸다. 온몸에 매 맞은 자국들이 시퍼렇게 드러났다. 그런 녀석들을 발가벗기고는 장독이 얼어 터지는 그 추운 겨울날, 시뻘건 부엌 진흙 바닥에 무릎을 꿇리고 두 손을 번쩍 들게 하고 벌세웠다. 녀석들의 몸이 사시나무 떨듯 떨다가는 그 떨림도 서서히 없어져 갔다.

그런데도 나는 아무런 감정의 요동도 없이 녀석들을 응시하면서 화가 풀리지 않은 채 씩씩대고 있었다.

녀석들은 이미 산목숨이 아니었다. 손을 올린 채 입술이 파래져 가며 녀석들의 몸이 굳어 가고 있었다. 그때 부엌으로 건넛집 아주머니와 효순이 어머니가 뛰어 들어왔다. 두 녀석을 보고는 까무러치는 소리를 내면서 녀석들을 감싸 안았다. 그리고 방 안으로 뛰어 들어가 이불을 꺼내 두 녀석을 둘둘 말아 싸안고는 곧장 효순네 집으로 데리고 갔다.

얼마 후 나는 제정신이 들면서 녀석들이 걱정되어 효순네 집으로 갔다. 두 녀석은 아랫목에 누워 있었다. 녀석들은 눈만 껌벅껌벅하고 있었는데 반 죽어있는 모습이었다.

그런 녀석들을 쳐다보고는 그제야 내가 '너무했구나' 하는 생각이 들었다. 그러자 곧 가슴을 치는 후회가 온몸을 엄습해 왔다.

'내가 죽일 놈이야! 내가 죽어야 해! 이러다간 애들을 다 죽이겠으니, 아, 이 일을 어쩌면 좋단 말인가!'

그때 밖에서 일하고 있던 효순이 어머니가 내가 방으로 들어가는 것을 봤는지 곧 나를 따라 방으로 들어왔다. 그리고 물끄러미 녀석들을 바라보고 있는 나에게 "그것들이 무얼 안다고 저렇게 만들었수? 우리가 조금만 늦었더라도 애들은 다 죽었지, 다 죽었어!" 하면서 눈물을 글썽거리며 원망 어린, 분노에 찬 눈으로 나를 쳐다보았다.

나는 아무 말도 하지 못하고 자리에서 일어나 효순네 집을 나왔다. 효순이 어머니가 분노에 찬 눈으로 등 뒤에서 나를 쏘아보는 것 같았다. 나는 정말 죽고 싶었다.

나는 동네 앞 한길을 건너고 있었다. 달려오던 차가 귀청을 찢어내는 듯한 소리를 내면서 급정거를 했다. 운전사가 차창 밖으로 고개를 내밀고 고래고래 욕을 퍼부었다. 그래도 나는 아랑곳하지 않고 넋 나간 사람처럼 그냥 한길을 건넜고 그 한길을 따라 마냥 걸어 내려갔다.

칼날 같은 겨울바람이 살을 에는 듯했다. 손발이 얼어떨어지는 것 같더니 이제는 감각이 없었다. 그래도 마냥 걸었다. 한길 양옆에는 꽃을 재배하는 비닐하우스가 길을 따라 연이어 있었다. 얼마쯤 가니 촘촘히 있던 비닐하우스가 띄엄띄엄 있다가 어쩌다가 비닐하우스가 하나씩 나타났다.

그 한길이 끝나는 산 밑까지 왔고 다시 거기서 연결되는 길을 따라 무작정 걸었다. 이미 얼굴과 손발은 감각을 잃은 채 내 것이 아니었다. 나는 정말 죽고 싶었다. 그러나 죽지 못했다. 움막으로 돌아왔을 때 나는 어떻게 움막으로 돌아왔는지 몰랐다.

나는 그 싸움을 멈출 수는 없었다. 벽에다 순간 떠오르는 생각들을 써가며 그것들을 쳐다보면서 나를 채찍질해 가며, 그 책을 읽기 위한 싸움을 해 나갔다.

그러기를 두어 달, 마침내 하루에 그 책의 몇 페이지를, 말더듬이가 겨우 더듬더듬 말 한마디씩을 더듬어 나가듯이, 단어 하나하나를 밀고 나가는 데 성공할 수 있었다. 그리고 도로 뒤로 당기는 그 강박도 겨우 이겨 나갈 수 있었다. 그것도 하루는 되었다, 하루는 되지 않았다 하면서 되어 나갔다.

그간 너무나 고통스러우면 술을 먹기도 했다. 그러나 내가 증세들과 고통과 싸우는 데는 과거처럼 약이나 술에 의존해서는 절대 안 된다는 절대 명제(絶對命題)가 내 가슴속에 있었다. 그 어떤 것에도 의지하지 않고 오직 정신력만으로 싸워야 한다는 지상 명령(至上命令)이 내 가슴속에 있었다.

물론 어느 때고 고통스럽지 않은 때가 없었지만, 그래서 그때마다 술을 퍼마시고 고통을 잊고 싶었지만, 그러면 나는 영원히 증세들과 고통에서 벗어날 수 없다는 생각이 내 가슴을 파고들었다.

내 주머니에 돈이 있었더라면 술을 퍼먹고 자포자기라도 할 수 있었겠지만 매달 아내가 쌀과 먹을 반찬만을 주고는 겨우 비상금

이랍시고 단돈 천 원을 주고 가 버리니 어떻게 할 여유가 없었다.

   그 비상금도 증세들과 고통에 못 이겨 곧 술을 퍼먹고 수일 내에 없어져 버렸다. 그다음부터는 증세들과 고통을 맨정신으로 이겨 나갈 수밖에는 없었다. 결국 나는 내 주머니에 돈이 없었기에, 철두철미 없었기에, 철두철미 가난했었기에, 증세들과 고통을 그 어떤 것에도 의지할 수가 없어 오직 맨정신으로 싸워 나갈 수밖에 없었다.

   만약에 우리 집안이 여유가 있어 내 병을 고치기 위해 집에서나 아내가 병의원이다 뭐다 해서 밀어줬더라면, 나는 병의원이나 병의원 같은 무엇들에서 영영 빠져나올 수 없었을 것이다. 결국엔 병의원과 약과 병의원 같은 무엇들 속에서 헤매다가 내 인생을 끝냈을지도 모를 일이었다.

절망

　오직 순수한 내 의지로 도전에 도전을 거듭한 결과 그렇게나마 몇 페이지를 읽어 나가는 데에 성공할 수 있었다.

　'결국 해냈구나! 그래, 그래, 죽자. 하다가 죽자. 그렇게 도전 하다가 죽자!'

　그런 결심이 가슴속을 파고들었고, 마음속 깊은 밑바닥으로부터 생에 대한 갈구가 분수처럼 솟구쳐 올랐다.

　'그 어떤 것에도 의지하지 않고, 오직 내 맨정신으로, 오직 순수한 나의 의지로 해내었다!'

　나는 하루에 몇 페이지나마 읽어 나가는 데 힘입어, 계속 도전에 도전을 거듭해 나갔다. 3월이 오고 4월이 가고 5월이 왔을 무렵, 마침내 하루에 20여 페이지를 읽어 나갈 수가 있었다.

　그러나 말이 읽은 것이지 그렇게 읽고 난 후의 내용이 머리에 남을 리가 없었으며, 머릿속은 온통 읽기 위한 싸움에서 얻은 후유증과 고통만이 차지하고 있을 뿐이었다. 하루에 20여 페이지를 읽은 데 힘입어 나는 더욱 박차를 가했다.

그러나 어찌 된 영문인지 아무리 노력해도 하루에 더 이상은 나아가지 않고 거기서 교착 상태에 머무는 것이었다. 그래도 굴하지 않고 도전했으나 결국 탈진되어 쓰러지곤 했다. 하늘이 무너지는 것 같았다. 그렇게 나에게 반짝 빛났던 그 생의 가능성을 보고 경이와 희열에 젖었던 것도 잠시였을 뿐, 다시 깊은 좌절과 절망의 늪으로 빠져들고 있었다.

　그렇게 책을 읽기 위한 싸움에 몰두하고 있는 동안 원식이 녀석은 조그마한 가방을 메고 열심히 학교에 다니고 있었다.

　그간 어머니가 몇 번 다녀가셨다. 어머니는 올 때마다 쌀과 반찬 보따리를 들고 왔으나 나는 그것들을 한 번도 받지 않고 도로 돌려보내곤 했다. 이젠 죽으면 죽었지 더는 어머니의 도움을 받고 싶지 않아서였다. 그 누구의 어떤 도움도 없이 나 혼자 해내야 한다는 결심이었고, 만약 내가 어머니에게 기울어진다면 다시 나약한 옛 타성으로 떨어질 우려가 있었기 때문이었다.

　한번은 어머니가, 내가 그렇게 냉혹히 거절했는데도 갖고 온 쌀과 반찬거리를 그냥 부엌에 놔두고 가려고 하셨다. 나는 그것들을 들고 밖으로 나와 삽으로 땅을 파고는 어머니가 보는 앞에서 그 속에 쏟아부어 버렸다. 그리고 흙을 덮고 밟아 버렸다.

　어머니는 나를 붙잡고 늘어지며 '이 새끼야, 이 미친 새끼야!' 하면서 통곡을 하셨다. 나는 그러는 어머니를 뿌리치고는 원식이 두식이 두 녀석을 데리고 어디론가 가 버렸다.

그 이후로 어머니는 다시 나에게 쌀과 반찬거리를 들고 오지 않았고, 과자를 갖고 와 두 손자 녀석들에게 주고 녀석들을 끌어안아 보고는 돌아가시곤 했다. 어머니는 올 때마다 두 손자 녀석을 데려가려 했으나 번번이 나의 거절에 막혀 데려가지 못하셨다.

그동안 아버지도 몇 번 다녀가셨고 동생들도 다녀갔다. 아버지는 올 때마다 효순이 아버지와 술을 마셨고, 두 손자 녀석들을 데려가려고 무진장 시도했으나 번번이 나의 완강한 거부에 뜻을 이루지 못하곤 하셨다.

그 책을 읽기 위한 도전에 실패하고 다시 깊은 좌절과 절망에 빠져 있던 그해 6월 하순 어느 날이었다. 동네 앞 한길에서 기어이 사고가 나고 말았다. 한길 건너 바로 있는 비닐하우스 집 아들이 교통사고로 목숨을 잃었다. 그 녀석도 그해에 국민학교에 들어간 원식이 또래였다.

한길을 막 건너다가 무섭게 달려오던 트럭에 치여 그만 그 자리에서 즉사하고 말았다. 그 부모들의 오열하는 모습이란 차마 눈 뜨고 볼 수가 없었다. 그 처참한 교통사고의 현장을 보고 온몸에 가시가 일어나는 것 같은 전율을 느꼈다.

그날 이후 원식이 녀석을 학교에 보낼 수가 없었다. 녀석은 한사코 학교에 간다고 뻗댔으나 녀석을 학교에 보내면 사고가 날

것 같아 학교에 보내지 않았다.

　학교에서 담임 선생님이 찾아왔다. 젊은 여선생님이었다. 녀석이 학교에 나오지 않아 걱정되어 왔다는 것이다. 나는 이러이러한 이유로 녀석을 학교에 보낼 수가 없다고 했다. 그러자 담임 선생님은 그것은 어쩌다 일어난 교통사고였을 뿐, 그렇게 교통사고를 겁낸다면 지금까지 전체 학생들이 어떻게 학교에 다녔겠느냐며 걱정하지 말고 학교에 보내라고 했다.

　그러나 나는 녀석을 학교에 보낼 수 없다고 완강히 거절했다. 담임 선생님은 학교에 꼭 보내 주기 바란다는 말을 남기고는 가 버렸다. 담임 선생님이 가고 난 후 나름대로 생각해 보았다. 그렇다고 해서 녀석을 학교에 보내지 않을 수는 없었다.

　2~3일 후 결국 녀석을 데리고 학교에 갔다. 한길을 건널 때마다 녀석의 손을 꼭 붙들고 양쪽에서 차가 보이지 않을 때야 비로소 길을 건너곤 했다. 그리고 녀석에게 단단히 그렇게 건너야 한다고 다짐을 주었다. 녀석은 고개를 끄덕거리며 알았다고 했다.

　담임 선생님이 몹시 반가워했다. 나는 그렇게 녀석을 매일 아침 학교로 데리고 갔고, 마칠 때쯤이면 학교로 가서 녀석을 기다렸다가 데려오곤 했다. 그렇게 해야만 마음을 놓을 수가 있었지, 그렇지 않으면 도저히 불안해서 살 수가 없었다.

　그간 효순이 어머니가 와서 애를 학교에 보내야지, 이것저것

다 생각하다가는 어떻게 애를 학교에 보내겠느냐며 몹시 나를 나무라곤 했다. 효순이는 그 사고 후에도 학교에 갔고 매일 아침 움막으로 찾아와 녀석을 보고 학교에 가자고 했다. 그러면 녀석은 더욱 학교에 가겠다고 뻗댔다. 그동안 내가 못 가게 해 효순이 혼자만 학교에 가곤 했다. 이젠 효순이도 원식이와 함께 나와 같이 학교에 갔고, 하교 시간에는 서로 기다렸다가 함께 집에 돌아오곤 했다.

여름 방학이 되었다. 이제는 학교에 가지 않아 안심이었으나 그래도 걱정이었다. 동네 녀석들이 동네 이 마당 저 마당에서 놀다가 한길을 건너가며 놀 때도 있었다. 나는 도무지 불안해서 살 수가 없었다.

그래서 두 녀석을 방 안에서만 놀게 했으나 어떻게 그 녀석들이 방 안에서만 놀 수 있겠는가. 두 녀석이 밖에 나가 놀 때면 아무것도 하지 못하고 밖에 나가 녀석들이 노는 것을 일일이 감시해야만 마음이 놓였다.

○ ○ 사회 봉사회를 찾아서

더 이상의 책 읽기 도전에 실패한 후 나는 암담한 절망에 빠져 하루하루를 보내고 있었다. 그 많은 증세와 더불어 그 교통사고가 있고 난 뒤 녀석들에 대한 걱정으로 인해, 불안·초조한 마음은 극을 이루고 있었다.

무엇보다도 사고 막힘, 독서 막힘, 극심한 강박증 등 일체의 정신 활동의 교착 상태가 '이제는 틀렸구나!' 하는 절망으로 몰고 가면서 두 녀석에 대한 장래가 내 뇌리를 스치고 지나갔다.

'아, 내 사랑하는 원식아! 두식아! 네 녀석들의 장래는 어떻게 된단 말이냐!'

나는 다만 암담한 절망에 젖어 있었고, 구원의 빛줄기란 어디에도 찾아볼 수 없는 그 어둠 속에서 몸부림쳐야만 했다. 몇 날 몇 밤을 뜬눈으로 지새우면서 침식도 잊은 채 멍하니 녀석들에 대한 생각으로, 녀석들의 장래에 대한 생각으로 날이 새고 밤이 왔다.

이제는 한 달에 한 번씩 오는 아내의 말수도 완연히 줄어져 갔고 삶을 체념한 듯, 그저 기계처럼 움직여 가고 있었다. 그해 여름도 서서히 끝나 가는 8월 중순으로 접어들면서 나는 녀석들의 장래 문제에 대해 마침내 비장한 결심을 하기에 이르렀다.

'나는 이젠 아무래도 좋아. 네 녀석들만 잘된다면 내가 더 무얼 바라겠는가! 그래, 너희들만 잘된다면 이 아빠는 어떻게 되어도 좋아. 떠나가거라, 내 곁을. 이 아빠 곁을 영원히 떠나가거라!'

그런 결심을 하자 눈앞이 흐려 오며 뜨거운 눈물이 두 뺨을 타고 흘러내렸다. 그날 밤을 꼬박 뜬눈으로 새웠다. 아침이 되자 두 녀석에게 아침밥을 해 먹이고는 곱게 단장시키고 녀석들의 손을 잡고 움막을 나섰다. 그렇게 맹위를 떨치던 더위도 한풀 꺾이고 제법 선선한 기운이 감돌았다.

녀석들은 좋아라고 내 손을 잡고 "아빠, 어디가?" 하면서 물었다. "엄마한테." 나는 그저 입에서 나오는 대로 대답했다. 그러자 녀석들은 좋아라 하고 깡충깡충 뛰면서 냅다 앞으로 달려 나갔다.

버스 정류장에 오자 버스를 기다리는 동안 녀석들의 가슴팍에 달린 손수건을 다시 매만져 주었고 녀석들의 옷매무새며 머리를 다시 매만져 주었다. 버스가 왔고 사람들이 우르르 버스에 올라탔다. 녀석들은 내 손을 꼭 잡고 "아빠, 빨리 타." 하면서 나를 재촉했다. 그러는 녀석들을 번쩍 안아 버스 안에 집어넣고 나도 올라탔다.

버스는 서서히 움직이기 시작했다. 차창 밖으로 새로 지은 주택들과 아파트들이 군데군데 보였다. 내 시야가 흐려져 오면서 그것들이 가물거렸다. 그러다가 눈물방울이 내 팔뚝에 뚝뚝 떨어졌다.

녀석들은 차창 밖을 내다보면서 좋아라고 떠들어댔다. 제3한강교(한남대교)를 지나 시내에 들어와서 다시 버스를 갈아탔다. 수유리를 지나 버스는 한참 더 들어갔다. 버스는 산 밑 인가가 드문 종점에 다다랐다. 녀석들을 데리고 내렸다. 맑은 개울물 위에 있는 조그마한 다리를 건너고 산 밑을 따라 난 비포장도로를 따라 녀석들의 손목을 잡고 한참 걸어갔다.

버스 종점에서 가르쳐 준 그 아주머니 말마따나 얼마쯤 걸어가니 이 층 벽돌집이 나타났다. 그 벽돌집 대문 앞에 섰다. 매우 큰 대문이었다. 초인종을 눌렀다. 그러자 쪽문이 열리면서 한 남자분이 나타나면서 무슨 일이냐고 물었다.

이러이러한 일로 왔다고 이야기하자 좀 기다리라고 하더니 조금 후에 그 남자분이 다시 나타났다. 그리고 안으로 들어오라고 했다.

양손에 녀석들의 손을 꼭 잡고 안으로 들어갔다. 조금 들어가 오른쪽에 있는 사무실인 듯한 곳으로 안내되었다. 사무실에서 근무하고 있던 중년이 넘은 듯 보이는 한 여직원이 나와 녀석들을 번갈아 쳐다보면서 무슨 일로 왔느냐고 물었다. 잠시 머뭇거리다가 대답을 했다.

"애들을 입양시키려고요."

"애들 말입니까?"

그 여직원이 다시 물었다.

"애들이 지금 몇 살이지요?"

"여섯 살, 일곱 살입니다."

"애들 아버지 되시나요?"

"네, 그렇습니다."

"안 됩니다. 이렇게 큰 애들은 입양이 안 됩니다."

그 여직원은 잘라 말했다. 한참이나 그 여직원과 무엇 때문에 안 되느냐며 따져 물었고, 그 여직원은 그렇게 큰 애들은 입양이 되지 않는다며 단호히 거절했다. 그리고 아버지가 멀쩡하게 살아 있는데 무엇 때문에 애들을 입양 보내느냐며 말도 되지 않는 소리를 하지 말라고 했다.

정 그렇다면 고아원을 알선해 줄 터이니 고아원에 애들을 맡기라고 했다. 그럴 수는 없었다. 녀석들을 꼭 입양 보내야만 했다. 녀석들을 내 곁에서 영원히 떠나, 녀석들이 잘 살 수 있는 나라, 저 선진 외국으로 영원히 보내고 싶은 것이 나의 결심이었다.

'나와 같이 있으면 너희들은 불행하게 될 것이다. 이 아빠는 너희들을 위해 아무것도 할 수 없단 말이다. 그래서 너희들을 이 아빠의 손이 닿지 않는 아주 먼 나라로 보내고 싶은 거야. 진정 너희들을 사랑하기 때문이야. 너희들만 잘되고 너희들만 행복해진다면 이 아빠는 아무래도 좋단 말이야. 그래! 너희들은 꼭 저 선진국으로 가야 해!'

그런 굳은 결심을 되씹으며 그 중년 여직원을 싸늘한 눈초리로 쳐다보았다. 순간 내 머릿속에는 정부종합청사(지금의 정부서울청사) 그 주무 부처로 찾아가 하소연해야겠다는 생각이 퍼뜩 떠올랐다.

나는 횡설수설 뭐라 그러면서 잠시 밖에 나갔다 오겠다 했고, 녀석들을 남겨 놓은 채 그냥 밖으로 나왔다. 곧장 주무 부처로 찾아갈 결심을 하고 버스를 탔다. 광화문에서 내렸다. 그리고 곧장 정부종합청사 건물을 찾아갔다. 그러나 주민등록증을 갖고 오지 않았다. 주민등록증이 없으면 방문이 되지 않았다.

입구 근무자에게 어제 왔다 갔는데 무슨 과로 전화해보면 안다면서, 정말 급한 일이니 꼭 방문하게 해달라고 사정했으나 결국 거절당하고 말았다. 나는 그 전날 정부종합청사 주무 부처로 찾아가서 그날 찾아간 ○○ 사회 봉사회를 알선받았다. 이곳은 국내외 입양만을 전문으로 하는 입양기관이었다.

하는 수 없이 발길을 돌리고 말았다. 오후 4~5시가 되었을까.

녀석들이 걱정되었다. 그러나 그 봉사회를 찾아가지 않고 서초동 움막으로 돌아왔다. 녀석들이 무척 걱정되었으나 봉사회를 찾아가지 않고 이를 악물고 참으며 며칠을 보냈다. 설마 너희들이 애들을 어떻게 하랴 하는 생각에서였다.

그렇게 며칠을 보낸 후 그 사회 봉사회를 찾아갔다. 그 중년 여직원은 나를 보자 놀랐다. 그러면서 다행이라는 듯 안도의 빛이 얼굴에 나타났다. 그 여직원에게 우선 애들의 안부를 물었다. 그러자 그 여직원은 전화를 걸어 누구를 부르더니 애들을 데리고 오라고 했다. 조금 있다가 한 젊은 여직원이 원식이 두식이 두 녀석을 데리고 왔다.

녀석들을 보자 와락 끌어안았다. 녀석들도 아빠를 보자 울먹울먹했다. 그 중년 여직원은 어떻게 그럴 수가 있느냐며 나를 호되게 힐난하면서 애들을 데리고 가라고 했다. 녀석들을 데리고 갈 수는 없었다. 원장을 만나야겠다고 했다. 그러자 그 여직원은 담당은 자신이지 원장은 아니라며 쓸데없는 짓 하지 말고 빨리 가라고 언성을 높였다.

사무실 밖으로 나와 원장실을 찾았다. 그 사무실 밖에서 안쪽으로 조금 들어가니 큰 마당이 있었고 그 마당 왼쪽에 이 층 벽돌 건물이 있었다. 큰 마당에는 그네, 미끄럼틀 등이 있었다. 이층 벽돌 건물 옆으로 긴 단층 건물이 있었고, 그 건물은 방이 여러 개였다. 각방에서 어린아이들이 들락날락하고 있었다.

내가 서 있던 자리에서 왼쪽으로 돌계단이 있었다. 그 돌계단 바로 밑에 출입문이 있었다. 그 돌계단을 내려가 출입문을 열고 안으로 들어갔다. 사무실이었다. 사무실에는 직원 여럿이 사무를 보고 있었다. 타이프를 치고 있던 여직원이 자리에서 일어나면서 어떻게 왔느냐고 물었다. 원장님을 뵈러 왔다고 했다. 사무실 안쪽에 가림막이 놓인 곳이 있었는데 그곳이 원장실 같았다. 나는 그 여직원의 대답도 듣기 전에 그리로 들어갔다.

커다란 책상 앞에 안경을 쓴 40대 중반으로 보이는 남자분이 책상에서 머리를 들면서 나를 쳐다보았다. 원장님 되시느냐고 물었다. 그는 그렇다고 하면서 무슨 일로 오셨느냐고 조용히 물었다. 내가 며칠 전에 애들을 맡겨 놓고 갔던 그 사람이라고 이야기하자, "아, 원식이 두식이 아버님 되십니까?" 하면서 한편 놀라면서, 한편 반가워하면서 의자를 권했다.

"그렇지 않아도 몹시 기다리던 중이었습니다." 그러면서 원장은 어떻게 된 일인지, 또 애들을 입양 보내려는 이유가 무엇인지를 자세히 이야기해 달라고 했다. 나는 이러이러한 병으로 애들을 도저히 키울 수가 없으며 또 아내도 내 병 때문에 견디다 못해 도망갔다며 있는 말 없는 말을 꺼내면서 넋두리를 했다.

부모도 없고 형제도 없다고 했으며 오직 나 혼자 이놈들을 책임져야 하는데, 20여 년간 그런 병에 걸려 생을 포기한 폐인이 되어 지금 서초동 움막에서 죽지 못해 살고 있다고 했다. 아무래도 녀석들을 내가 데리고 있다가는 꼭 죽일 것만 같아 입양 보내려고 하는 것이니 꼭 보내 달라고 애원했다.

원장은 내 말을 곰곰이 다 듣고 나서는 이렇게 큰 애들은 입양이 되지 않는데 정 그러시다면 한번 알아보겠다면서 애들을 데리고 집에 가서 다시 한번 깊이 생각해 보라고 했다. 애들을 데리고 갈 수 없으니 여기다 맡겨 놓고 가겠다고 했다. 그러자 원장은 그렇게 하라고 대답했다. 그리고 전화를 들어 원식이 두식이를 데리고 오라고 했다.

여직원이 두 녀석을 데리고 원장실로 왔다. 원장은 두 녀석의 머리를 쓰다듬으며 아빠가 다시 올 때까지 여기 있으라고 했다. 녀석들은 시무룩한 표정을 지으며 아무 대답이 없었다. 아마 그곳이 좋은 모양이었다. 나는 원장에게 깍듯이 인사하고 원장실을 나왔다. 오직 두 녀석이 입양되기를 간절히 바라면서 그 봉사회 대문을 나섰다.

두 아들을 입양 보내고

　며칠 후 그 봉사회를 다시 찾아가 원장을 만났다. 애들을 입양 보내는 데에 대한 결심은 변함이 없다고 했다. 그렇다면 언제 될지 모르지만 한번 해보자고 원장은 말했다. 그간 여러 군데를 알아보았는데 그렇게 큰 애들을 데리고 가겠다는 데는 없었다고 했다. 하여간, 정 원한다면 얼마가 걸리더라도 기다려 보라고 했다. 그리고 호적 등본을 떼어 오라고 했다. 정식 절차를 밟아야 한다는 것이었다.

　그 이튿날 호적 등본을 떼서 바로 원장을 찾아갔다. 나는 직접 원장을 만나는 케이스가 되었다. 즉 원장이 두 녀석에 대한 담당이 되었다.

　친권 포기 각서에 자식들에 대한 친권을 포기한다는 서명을 했다. 서명란에 서명하려는 나의 손이 한참 머물고 있었고 그 머물러 있는 손이 가늘게 떨리고 있었다. 눈을 딱 감고 서명을 하고 말았다.

　그 순간 나의 마음은 형용할 수 없는 까마득한 절벽으로 떨어지는 것 같은 그런 아찔한 느낌을 받았고, 내 시야에서 사라져가는 두 녀석의 얼굴이 보였다. 그리고 철렁하는 어떤 단절과 생명이 끊어지는 것 같은 섬뜩함을 느꼈다.

'아아! 이제 녀석들은 내 품에서 영영 떠나는구나!' 그러자 가슴속이 뻥 뚫린 것 같은 공허감과 단절감이 엄습해 오면서 내 얼굴은 하얗게 핏기를 잃고 있었다. 원장은 그런 내 마음을 알았는지 "집에 가서 다시 한번 깊이 생각해 보세요. 지금도 늦지 않았으니까요."라고 말했다.

그날 움막에 돌아와서 한숨도 자지 못하면서 녀석들에 대한 생각으로 밤을 새웠다. 막상 녀석들을 보낸다고 생각하니, 내 마음은 파도처럼 일렁이며 갈등의 소용돌이 속에 휘말려 들었다.

"안 된다! 안 돼!" 나는 자리에서 벌떡 일어나 허공을 향해 소리쳤다. 그러나 다음 순간 '아니야, 아니야, 보내야 해. 보내야 해!' 하는 소리가 마음 밑바닥으로부터 고개를 쳐들며 나를 꾸짖었다. 그 소리가 들리자 힘없이 펄썩 자리에 드러눕고 말았다. 그렇게 온통 갈등과 번민으로 온몸이 땀으로 뒤범벅이 되면서 뜬눈으로 그 밤을 지새웠다.

그 이튿날도 갈등과 번민의 소용돌이 속에서 어떻게 해야 할지 몰라 반미치광이처럼 중얼거렸다. 녀석들이 없는 그 짧은 동안도 정말 외로웠다. 그런 녀석들을 영영 보내놓고 외로워서 어떻게 산단 말인가. 밤이면 캄캄한 움막 속에서 혼자 너무 외로워 당장이라도 쫓아가 녀석들을 데려오고 싶었지만 이를 물고 이 외로움을 이겨내야 한다는 또 다른 소리가 나를 짓누르고 있었다.

'안 돼! 애들을 데려오면 안 돼! 애들을 데려오는 건 나를 위해서야! 내가 진정으로 애들을 사랑한다면 애들을 보내야 해!' 하는 소리가 마음 밑바닥으로부터 울려 나왔다.

'그렇다! 진정 애들을 사랑한다면 애들을 보내야 한다! 만약 내가 이 외로움을 이기지 못해 애들을 데려온다면 애들은 나의 외로움의 희생물이 될 뿐이야! 나는 아무렇게 되어도 좋아! 오직 애들을 위해서라면, 진정 애들만 잘된다면 그 길을 택해야 해!' 그렇게 호되게 채찍질하는 소리가 내 마음을 때리고 있었다.

침식도 잊은 채 갈등과 번민의 소용돌이 속에서 헤매고 있을 때 아내가 한 달이 되어 집으로 왔다. 아내는 애들이 보이지 않자 애들이 어디 갔느냐고 물었다. 녀석들에 대한 갈등과 번민으로 날이 새고 밤이 오는 그런 상황 속에서 녀석들에 대해 아내에게 해야 할 답변을 미리 생각하지 못하고 있었다. 나는 우물쭈물하다가 "아까 밖에서 놀고 있었는데." 하고 얼버무렸다.

아내는 '그런가 보다'라고 생각했는지 녀석들에게 줄 과자와 과일을 방바닥에 내려놓았고, 무·배추 등 김칫거리와 양념들을 부엌 바닥 한구석에다 내려놓았다. 그리고 종이 봉지에 한 됫박

정도 사 온 쌀과 보리쌀을 냄비에다 쏟아붓고 저녁 준비를 했다.

그러는 동안 아내는 내내 말이 없었다. 나는 그런 아내에게 정작 애들에 대해서 묻는다면 무어라고 대답해야 할지 그것이 걱정이었다. 저녁을 먹고 어두워졌고, 그래도 애들이 나타나지 않자, 아내는 애들에게 무슨 일이 있느냐고 물었다.

나는 대답하지 않고 그냥 가만히 앉아 있었다. 입을 다물고 심각히 앉아 있는 내 모습을 보고는 아내는 흠칫 어떤 예감을 느끼는 듯 다그쳐 물었다. 그래도 대답하지 않고 입을 다문 채 앉아 있었다.

그러자 아내는 얼굴빛이 변하며 내 앞에 바싹 다가앉으면서 "여보! 애들한테 무슨 일이 있었어요?" 하면서 또 다그쳤다. "아니야, 애들한테 무슨 일이 있기는." 하면서 나는 자리에서 벌떡 일어나 밖으로 나갔다.

그러자 아내는 정신 나간 여자처럼 밖으로 쫓아 나와 나를 붙들고 애들이 어디 갔느냐며 물었다. 그런 아내를 뿌리치고 동네 앞 한길을 따라 마냥 걸어 내려갔다. 눈앞이 흐려 오며 어느덧 내 눈에서는 눈물이 방울져 떨어졌다.

그날 밤 아내에게 모든 것을 털어놨다. 아내는 내 이야기를 다 듣고서 멍하니 허공을 쳐다보고 있었다. 아내의 눈에 눈물이 고이더니 주르르 양쪽 뺨을 타고 흘러내렸다. 그런 아내를 와락 끌어안고 나도 함께 울었다.

아내는 말없이 그렇게 계속 울고 있었다. 아내는 이튿날 아침 떠날 때까지도 말이 없었다. 아내가 떠나간 후 나는 움막에 또 혼자가 되어 뚫어진 지붕 사이로 하늘을 쳐다보며 멍하니 앉아 있었다.

'저 조각하늘은 내 마음을 알까.'

그렇게 멍하니 앉아 언제까지나 하늘을 쳐다보고 있었다.

결국 녀석들은 한 달이 지나 한국을 떠났다. 떠나는 날 공항 안으로 들어가는 녀석들을 보고 아내와 나는 얼마나 울었는지 모른다.

떠나는 전날 녀석들에게 새 옷을 사 입히고 아내와 함께 창경원으로 녀석들을 데리고 가 어쩌면 영영 다시 못 볼 녀석들의 모습을 담기 위해 낙타와 코끼리 앞에서 사진을 찍었다. 그리고 녀석들을 데리고 창경원 안을 거닐면서 녀석들의 볼을 비비며 한없이 울었다.

녀석들은 우는 아빠를 보고 어리둥절했고, "아빠 엄마가 아무리 보고 싶어도 참고 훌륭한 사람이 되어야 해!" 하면서 나는 녀석들을 껴안고 또 울었다. 아내도 울었고 녀석들도 눈물을 글썽거렸다.

그렇게 녀석들은 떠나고 말았다.

"아아! 언제 다시 볼지 모르는 내 사랑하는 원식아! 두식아!"
녀석들이 떠나간 그날 밤 허공을 치면서 미치광이처럼 녀석들의
이름을 부르며 울부짖었다.

언젠가 아빠를 따라가겠다던 두식이 녀석을 냉혹히 뿌리치고
버스를 탔고, 버스가 떠나자 버스 속의 아빠를 쳐다보고 야무지게
결심한 듯 돌아서던 그 녀석의 모습이, 움막에 돌아와 보니 혼자
놀다 지쳐 움막 앞 땅바닥에 누워 자고 있던 그 녀석의 모습이 내
가슴을 치자 "두식아!" 하면서 나는 허공을 향해 소리쳤다.

녀석의 빵긋 웃던 그 모습, 모습들이 내 눈앞에 나타나면서 미
친 듯 자리에서 벌떡 일어나 녀석의 이름을 부르며 울부짖었다.
그날 밤 열병에 걸린 사람처럼 그렇게 밤새도록 녀석들의 이름
을 부르며 오열했고 금방이라도 "아빠!" 하고 녀석들이 움막 안
으로 들어오는 것만 같아, 나는 자리에서 벌떡 일어나 밖으로
나가곤 했다. 밖에는 휘영청 밝은 보름달이 하늘에 두둥실 떠
있었다. 그날은 추석날이었고, 추석날 녀석들은 그렇게 한국을
떠났다.

이튿날 아침, 아내는 퉁퉁 부은 눈을 하고 집을 떠났다. 나는
녀석들이 금방이라도 뛰어 들어오는 것만 같아, 도저히 녀석들
이 내 품에서 떠났다는 현실감이 나지 않았다. 나는 몇 달 동안
열병에 걸린 사람처럼 녀석들의 이름을 부르며 울부짖었다.

밤마다 녀석들의 환상에 시달리다가 깜박 잠이라도 들면 그사이 꿈속에서 녀석들이 나타나 나의 손을 잡고 이끌었고, 그런 녀석들의 이름을 부르며 눈을 뜨고 벌떡 일어나곤 했다. 그럴 때마다 온몸은 식은땀에 젖어 있었고, 움막 안은 쥐 죽은 듯 고요하고 캄캄한데, 나 혼자 어둠 속에 외로이 앉아 있었다. 나는 옆을 더듬어 보고 또 녀석들이 없다는 현실감이 들면 "원식아! 두식아!" 하면서 녀석들의 이름을 부르며 눈물을 흘렸다.

집에서 기르던 강아지도 집을 떠나면 그리운 법인데 내 생때같은 자식들을 다시 못 볼 저 이국땅으로 영영 보냈으니…… 아아! 이 일을 어쩌면 좋단 말인가! 나는 방바닥을 치며 통곡했고, 통한의 눈물을 흘리며 녀석들의 이름을 부르며 울부짖었다.

녀석들이 떠난 후, 그 사실을 알게 된 아버지 어머니의 충격은 실로 엄청난 것이었다. 어머니는 쓰러지셨고, 반신불수가 되어 거리를 헤매시면서 녀석들의 이름을 불러 댔다. 그리고 지나가는 아무 녀석이나 붙들고는 "원…식…아… 두…식…아…." 하면서 손자들의 이름을 불렀다. 이미 언어 기능은 거의 상실되어 알아들을 수 없는 소리로 손자들의 이름을 부르며 반신불수의 몸을 이끌고 거리를 헤매셨다.

2부

내면의 승리

자동 복식 호흡대

  녀석들이 떠난 지 1년 후, 그 충격에서 좀 마음이 잡힐 무렵, 신문 광고란에서 'ㅇㅇ 능력 개발원'이라는 광고를 보게 되었다. 이곳은 '자동 복식 호흡대'라는 것을 파는 곳이었다.

  나는 그곳에 가 자동 복식 호흡대를 사서 가슴에 부착했다. 이 호흡대는 가슴에 둘러서 매는 넓적한 헝겊 벨트로 가슴을 조여 매면 가슴이 움직이지 않고 숨이 배로 들어와 자동으로 복식 호흡이 된다는 그런 제품이었다. 나와 같은 증세자들은 가슴으로 숨을 쉬는 흉식 호흡자들로서, 이 호흡이 불안, 초조 등 제반 증세들을 만들어 낸다는 것이었다.

  그래서 배로 숨을 쉬는 복식 호흡을 하게 되면 폐 아래에 있는 횡격막이라는 것이 위아래로 움직이게 되어 내장 기관들을 자극함으로써 혈액 순환과 신진대사를 원활하게 해주고 또 아랫배에 늘 힘이 들어가 있어 그러한 증세들이 없어진다는 것이었다.

  이것은 내가 고등학교 1학년 때인가 남영동에 있던 심리 교정원에서 받았던 복식 호흡의 이론과 같았다. 그때는 교정 시간에

10여 분씩 복식 호흡을 직접 하는 훈련이었으나, 이 호흡대를 차면 24시간 자동으로 복식 호흡이 된다는 것이었다.

복식 호흡을 하는 교정원에서 교정을 받아 본 경험도 있고 해서 처음에는 무시하려 했으나, 그래도 하는 심정에서 또 그럴듯한 광고 문구에 이끌려 그 자동 복식 호흡대를 사서 몇 달간 가슴에 부착했다.

병의원에는 죽어도 가고 싶은 마음이 없었다. 내 마음속에는 아직도 증세들에 도전, 불굴의 정신으로 싸워 이겨야만, 그래야만 증세들이 없어진다는 생각이 자리 잡고 있었다. 그러나 첫 도전에 실패하고 나서 그 좌절과 절망의 상처가 너무나 깊었다. 그 엄청난 좌절과 절망의 늪에서 헤어나지 못해 결국 자식들마저 남의 나라로 보내야 하는 운명을 맞이했다.

나는 다시 자식을 낳을 수 있는 그런 입장이 못 되었다. 성남시에서 증세들과 고통에 시달리고 있을 때, 아내가 두어 번 자연유산을 했고, 그러고 난 후 아내의 건강은 좋지 않았다.

그러한 아내의 모습을 보고 내가 어떤 결단을 내려야 하겠다는 생각이 들었다. 그래서 하루는 결단을 내리고 보건소를 찾아가 피임 수술을 의뢰했고, 담당 직원은 지정 병원을 알려줘 그리로 찾아가 피임 수술(정관 수술)을 받았다. 그 결단을 내리기까지는 실로 여러 날 망설였다. 그러면 나는 영영 다시는 자식을 낳을 수 없다는 생각에서였다. 그러나 아들이 둘이나 있는데 하는 생각에서 결단을 내리고 피임 수술을 받았다.

그 호흡대를 사서 몇 달간 가슴에 부착하고는 복식 호흡이 자동으로 되어 증세들이 없어지기를 간절히 바랐다. 그리고 그것을 늘 가슴에 둘러매야 마음이 놓이는 그런 습관이 들러붙고 말았다.

그것을 가슴에 부착했다고 해서 복식 호흡이 되는 것은 아니었다. 나의 그 당시 호흡은 늘 가슴으로 숨 쉬는 것이 아니고, 가슴으로 숨 쉬기도 하고 배로 숨 쉬기도 하는 그런 정상인의 호흡을 하는 것 같았다.

물론 가슴으로 숨을 쉰다, 배로 숨을 쉰다 하는 것은 세밀히 관찰하지는 않았지만 어쨌든 정상인이 숨을 쉬는 것처럼 숨을 쉬고 있는 것 같았다. 그러한 호흡에 대해서는 전혀 신경을 쓰고 있지 않았는데, 느닷없이 그 광고 문구를 보고 혹시나 하는 생각에서 호흡에 관심을 갖고 그 호흡대를 사서 가슴에 부착했다.

그 호흡대를 가슴에 부착하고부터 호흡에 관해 일일이 신경을 쓰게 되었으며, 숨이 가슴으로 들어가나 배로 들어가나 일일이 확인했다. 그러나 그 호흡대를 부착했다고 해서 숨이 배로 들어가고, 부착하지 않았다고 해서 가슴으로 숨을 쉬고 하는 것은 아니다.

그 호흡대는 다만 가슴을 조여 매고 가슴이 움직이지 말라고 하는 그런 역할이었는데, 즉 우리가 헝겊 띠로 가슴을 친친 동여매고 가슴을 움직이지 말고 배로 숨이 들어가라는 것과 같은 이치였으며, 그렇게 가슴을 친친 동여매었다고 해서 숨이 배로 들어가는 것은 아니다.

가슴으로 숨을 쉬면 아무리 가슴을 친친 동여매어도 가슴으로 숨을 쉬는 것이지, 결코 그런 것에 의해 좌우되는 것은 아니다. 그것을 부착했다고 해도 내가 가슴으로 숨을 쉬고 싶으면 가슴으로 쉬는 것이고, 배로 숨을 쉬고 싶으면 배로 숨을 쉬는 것이다.

아무리 가슴을 친친 동여매고 가슴이 움직이지 않게 하고 배로 숨을 쉰다고 해도 근원적인 정신적 불안, 초조, 공포 등의 심리가 없어지지 않는 한, 그것은 아무 의미가 없다는 생각이 들었다.

그 호흡대를 부착해 배로 숨을 쉬게 되었다고 하자. 그러나 제반 정신적 원인이 그대로 남아 있는 상태에서는 다시 가슴으로 숨을 쉬게 마련이다. 우리가 흥분한다거나 불안, 초조, 공포에 휩싸일 때는 아무리 가슴을 친친 동여매었다 해도 가슴으로 숨을 몰아쉬게 된다.

그리고 정신적으로 안정되어 있으면 자연히 배로 숨을 쉬게 된다. 즉 정신의 문제이지, 어떤 다른 수단에 의해 호흡이 결정될 문제는 아니다.

그것은 우리가 조금만 정신이 육체에 미치는 영향을 생각해 보면 금방 알 수 있는 가장 초보적인 것에 불과하다.

　호흡이야말로 정신에 의해 가장 예민하게 반응하는 신체적 초보적인 현상이다. 그런데 원인을 해결할 생각을 아니 하고 그 원인에서 발생한 결과를 탓하고 그 결과를 아무리 뜯어고쳐 보았자, 그것은 근본적인 해결책이 되는 것은 아니다.

　그 호흡대를 차고 얼마간 지나서 그와 같은 이치를 알게는 되었으나 그래도 지푸라기라도 잡는 심정에서 그 호흡대를 정성껏 실로 탄탄하게 다시 누비고는 더욱 가슴에 꼭 조이도록 만들어 애지중지 가슴에 부착하고 배로 숨을 몰아쉬는 훈련을 계속했다. 물론 앞에서 이야기 한 바와 마찬가지로 그것을 부착했다고 해서 배로 숨이 들어가는 것은 아니어서 의식적으로 복식 호흡을 했다.

　그러나 그것이 실제로 필요 없으면서도 그것을 떼면 어쩐지 허전하고 불안해 그것을 가슴에 꼭 부착해야만 마음이 놓이고 안심이 되는 습관에 빠져 버렸다.

　나는 그 당시 어떤 것에 의지하는 마음과 한 곳에 쏠리는 관념이 특히 강해 이런 것에 한번 빠지면, 어떤 수단에 한번 의지하게 되면, 그런 것에서 빠져나올 수 없는 결정적 약점을 갖고 있었다. 그래서 그 호흡대가 실제로 거추장스럽고 필요 없으면서도 그렇게 습관성 고착에 빠져 그것을 늘 가슴에 차고 있어야만 마음이 든든하고 안심이 되었다.

즉 몸에 부적을 지니고 다녀야만 마음이 든든하고 안심이 되는 것과 마찬가지 심리였다. 결국 그것은 심리적 작용이 만드는 그런 의지적(依支的) 편향성 습관성이었다.

특히 나에게는 이와 같은 의지적 편향성 심리가 강해, 다시 말해 강력 본드가 한번 붙으면 떨어지지 않는 그런 심리적 접착성이 특히 농후했다. 그래서 심리적으로 어떤 것에 한번 들러붙으면 그것을 떼기란 정말 어려웠다.

이와 같은 심리적 약점 때문에 어쩔 수 없이 그 호흡대를 몸에서 떼지 못하는 그런 처지가 되어 버렸다. 그리하여 그것을 근 6개월이나 가슴에 차고 있다가 마침내 그것을 떼어 버리는 데 성공했고, 그 함정에서 빠져나올 수 있었다.

그것을 떼고 났을 때의 마음이란 약을 끊고 나서의 약을 먹고 싶어 발광하던 그 심리적 욕구와 비슷했다. 그 호흡대를 가슴에서 떼고 한 달가량 지나자 그 호흡대에 대한 집착에서 점점 멀어져 갔고, 마침내 호흡대를 차지 않았던 그 당시의 정상적인 심리로 돌아갔다.

나는 그 당시 그 어떤 것에 한번 의지하면 그것에서 빠져나오기란 정말 불가능에 가깝도록 힘든 일이었다. 그 이후로는 더욱 병의원이건, 약이건, 무엇이건 금방 병을 낫게 해주는 신의(神醫)가 나타난다 하더라도 그런 것에는 일절 눈을 돌리지 않기로 결심에 결심을 굳혔다. 오직 이 증세들을 나 혼자의 힘으로, 그 어떤 것에도 의지하지 않고, 오직 나 혼자의 힘으로 도전하여 그 증세들을 이기는 길밖에는 없다는 생각을 다시 굳히게 되었다.

플러스 정신세계 · 마이너스 정신세계

　나는 증세들과의 싸움을 다시 시작했다. 오직 그 길밖에는 없다는 생각에서 깊은 좌절과 절망을 주었던 그 첫 번째의 실패를 딛고 하늘을 우러러 기도하는 심정으로 다시 마음을 재정비하고 증세들과의 재접전의 장을 열었다. 다시 그 영어책에 도전하였다. 쓰러지면 일어나 또 도전했고 쓰러지면 일어나 또 도전했다.

　그간 나에게 다음과 같은 '앎'이 있었다.
　모든 것을 될 수 있는 대로 긍정적으로 생각하고, 남을 미워하지 말고, 원망과 증오의 그런 감정들을 갖지 않도록 하는 것이 몸과 마음과 머리의 굳음이나 조임을 푸는 데 도움이 된다는 것을 알게 되었으며, 정신세계(精神世界)에도 두 가지 방향이 있다는 것을 알게 되었다.
　즉 사고(思考)와 감정(感情)에도 플러스 세계와 마이너스 세계가 있다는 것을 알았다.
　긍정적 사고방식이나 감사하는 마음, 이해, 선의, 관용, 포용,

아량, 축복, 용서, 양보 등은 플러스 사고이고, 행복, 만족, 희열, 사랑, 애정, 연민, 동정 등은 플러스 감정인 것이다.

부정적 사고방식이나 고마움을 모르는 마음, 오해, 악의, 편협, 편견, 독선, 오기, 아집, 보복, 고집 등은 마이너스 사고이고, 불행, 불만, 분노, 증오, 저주, 원망, 질시, 질투, 배타 등은 마이너스 감정인 것이다.

우리의 정신세계에도 분명히 플러스 세계와 마이너스 세계가 있다는 것을 알았다. 즉 플러스 정신세계는 이완과 건강(健康)을 만드는 데 반해, 마이너스 정신세계는 긴장과 불건강(不健康)을 만들어 간다는 사실이다.

우리가 이 마이너스 정신세계에 빠져 있을 때, 세상이 비뚤어 보이고 모두가 부정적이고 모든 인간이 밉고 증오스럽게 보인다. 그러한 사고와 감정은 계속 그러한 방향으로 흘러 사고와 감정은 황폐해져 정신과 육체에 병을 주고, 자신을 파괴한다는 사실이다. 따지고 보면 마음의 병(신경증 · 심신증)에 시달리고 있는 내가 그 대표적인 예라고 해도 좋을 것이다.

나는 지금까지 누구를 사랑해 본 적도, 이해해 본 적도 없고, 이 세상을 긍정적으로 본 것도, 올바른 마음으로 보려고 한 적도 없다. 부모 형제를 원망하고, 인간들을 원망하고, 세상을 원망하고 증오했다. 모든 것을 부정적으로 배타적으로 보고, 비뚤어진 마음과 오기와 반항과 매사에 성질부리며, 극도의 자기중심적 생각으로 살아왔다.

나는 추호도 누구를 이해하려 하지 않았고 세상을 이해하려 하지 않았으며, 모두가 죽일 놈이요, 개새끼들이요, 원수였다. 그저 비뚤어지고 맺힌 마음으로 오기와 성질만 살아 길길이 날뛰며 살아왔다.

그러한 사고와 감정들이 맺혀 덩어리가 되어 머릿속을 파고들어 그와 같은 처절한 고통을 나에게 안겨 주었다. 그것은 하늘이 내려준 벌이요, 형벌이었다. 나는 그것을 모르고 부모 형제를 원망했으며, 세상을 원망했고, 세상 사람들을 증오하고 죽이고 싶었다. 그래서 그와 같은 한(恨)의 덩어리들은 더욱 머릿속을 파고들며 자리를 굳혀 갔다.

사람이 살아가는 방법이 그것이 아니었다. 사람은 그와 같이 사는 것이 아니었다. 그렇게 남을 증오하고 세상을 원망만 하고 살았던 것은 자연의 이치가 아니었다. 그것은 자연의 이치에 대한 도전이요, 반항이었다. 그래서 그 고통을 당했다. 그래서 그 처절한 형벌을 받았다.

자연의 이치는 남을 사랑도 하고 긍정도 하고, 미워도 하고 부정도 하면서 그렇게 살아가게 되어 있다. 남을 좋아만 하고 사랑만 하고 살아갈 수만도 없는 것이며, 그렇다고 남을 미워만 하고 증오만 하면서 살아갈 수도 없는 것이 자연의 섭리요, 순리이다.

이 플러스 세계와 마이너스 세계가 합쳐져 조화를 이루고 살아야만 세상을 밝게 하는 것이고, 그것이 세상을 사는 삶이요, 자연의 이치이다.

나는 이와 같은 '앎'을 얻은 후로는 이 플러스 정신세계로 향하려고 끊임없이 노력했다. 그러나 워낙 20여 년간 깊이 뿌리박혀 버린 마이너스 정신세계는 그렇게 쉽사리 방향 전환이 되는 것은 아니었다. 그것을 돌리는 작업이란 또한 힘든 작업이어서 방향 전환에 대한 부단한 노력을 기울여야만 했다.

'세상을 긍정적으로 보자', '남을 미워하지 말자', '매사를 감사하게 생각하자', '너는 그래도 행복한 놈이다' 등의 플러스 정신세계에 대한 생각들이 떠오를 때마다 즉시 종이에다 옮겨 쓴 다음, 벽에다 붙이고 그것을 쳐다보며 나 자신을 분기시켰다. 그리고 깊이 뿌리박혀 있는 그 마이너스 세계에서 빠져나오기 위해 노력에 노력을 기울였다.

인간의 속성이란 원래 이 마이너스 정신세계에 쉽게 빠지게 되어 있는 것이고 보면, 이 마이너스 세계에서 플러스 세계로 향하는 데는 자기 자신을 이기는 노력에 의해서만이 가능한 것이다. 결국 교육이라는 것도 이 마이너스 세계를 누르고 플러스 세계로 들어가는 제반 방법을 가르쳐 주는 것이라고 해도 좋을 것이다.

아무튼 인간은 아무런 노력 없이는 이 마이너스 세계로 빠져들게 되어 있다. 그리고 플러스 세계로 향하는 데는 자신과의 싸움에서 이겨야 하는 부단한 노력에 의해서만이 가능하게 되어 있다.

그렇다면 결국 이 플러스 세계를 쟁취하기 위해서는 강한 내면의 힘이 뒷받침되어야 한다는 '힘의 원리'가 또 나온다. 그것은 의지의 힘이요, 극기의 힘이요, 자제의 힘이며, 인내의 힘이며, 또 다른 모든 플러스로 향한 내면의 힘이다.

그러면 무엇 때문에 이같이 힘든 플러스 세계로 향해 부단히 싸워야만 하는가. 마이너스 세계에 빠지면 정신적·육체적으로 긴장에 싸이게 되어 정신과 육체는 항상 굳어 있게 된다. 그리하여 제반 정신적·육체적 기능을 조이고 뻑뻑하게 만들어 불안, 초조, 공포, 강박, 말더듬, 사고 막힘, 독서 막힘, 소화 불량, 성기능 장애 등등의 신경증·심신증에 빠져들게 되어 고통의 나날을 보내게 된다.

플러스 세계에 들게 되면 정신적·육체적으로 이완이 오게 되어 마음의 평화와 안정이 오고, 육체적으로 혈액 순환과 신진대사가 원활하게 되는 등의 결과를 가져와 자연히 건강을 유지하게 되어 인생을 행복하게 살게 된다. 즉 마이너스 정신세계는 긴장이고, 조임이며, 맺힘이며, 굳음이다. 이에 반해 플러스 정신세계는 이완이고, 풀어짐이며, 평온이며, 안정이다.

그래서 우리는 플러스 세계를 향해 부단히 노력하는 것이고, 그 쟁취를 위해 자기와의 싸움을 한다.

그렇다고 해서 사람이 한평생을 살아가는 데 있어서 어떻게 플러스 세계에서만 살 수 있겠는가. 살다 보면 플러스 세계에 들게 될 때도 있는 것이요, 마이너스 세계에 빠져 살 때도 있다.

이 둘이 조화를 이루면서 서로의 가치를 인정하게 되는 것이고, 서로의 상대적 필요성도 알게 된다.

즉 불행을 겪어 보지 못했던 사람은 참다운 행복을 모르는 것이고, 자유를 잃어봐야 자유의 진정한 가치를 알게 된다. 실연의 깊은 아픔을 겪어 보지 않고는 사랑의 깊이를 모르는 것이며, 경기에서 져 봐야 진정한 승리의 기쁨을 알게 된다. 이처럼 플러스 세계와 마이너스 세계가 상존(相存)함으로써, 서로의 보완적 상승 작용(相乘作用)으로 참다운 인생을 만들어 간다.

우리 인생에서는 이 양(兩) 세계가 다 필요한 세계이다. 서로가 상대적 대치(對置)이면서, 서로가 공존(共存)하면서 비로소 참다운 인생을, 보람된 인생을 살아간다.

그러므로 우리가 인생을 살아가는 데는 이완도 긴장도 필요한 것이고, 긍정(肯定)도 부정(否定)도 필요한 것이고, 편함도 불편함도 필요하다. 모든 양 세계가 필요하면서 서로의 가치를 일깨우면서 살아간다.

우리는 인생에 있어서 고통도, 고난도, 그 어떠한 역경(逆境)도, 그 어떠한 불행도 인정해야 한다. 그 속에서 참다운 삶을 알게 되며, 그 속에서 참다운 행복을 발견하게 된다. 물론 우리에게는 순경(順境)도, 행복도, 안락도 또한 편함도 필요하다. 중요한 것은 이 양 세계를 수용하는 자세이다.

고통이 왔으면, 고난이 왔으면, 역경이 왔으면, 그 고통을, 그 고난을, 그 역경을 수용하고 말없이 감수해 나가야 한다. 불행이 왔으면 그 불행을 긍정하고 말없이 받아들이면서 차분히 그 해결책을 강구해 나가야 한다.

이 모두가 조화되어 인생이라는 종합 예술 작품이 나오는 것이지, 어느 한쪽 만으로서는 아무런 의미가 없는 인생 작품이 나오고 만다. 그러므로 지금 나에게 주어진 그 어떠한 고통도, 고난도, 역경도, 불행도 감내하고 조용히 그것을 타개해 나가는 부단한 노력을 하여야 한다. 후에 올 인생이라는 종합 예술 작품을 위해서 말이다.

증세들의 얼굴

그 이후에도 '앎'들은 계속 이어졌다.

인생에 있어서 플러스 세계와 마이너스 세계가 공존해야만 참다운 인생 작품이 나오는 것인데, 어느 한쪽에만 치우쳐 있을 때는 불행이라는 반쪽 작품이 나오고 만다.

그런데 나라는 인생은 그 한쪽에만 묻혀 버린 인생 속에 한평생을 살아왔다. 즉 마이너스 세계 한쪽에만 깊숙이 박혀 이 세상을 부정하고, 인생을 원망하고, 그런 마이너스 정신세계의 외곬으로만 인생을 살아왔다. 그 결과가 지금의 나의 제반 증세이다.

그러므로 지금부터 플러스 세계와 마이너스 세계가 조화를 이루어 참다운 인생을 살아야 한다. 물론 나는 100% 플러스 세계의 인생을 원하지 않는다. 그것은 참인생이 아니기 때문이다. 이두 세계의 조화를 원하는 것이고, 마이너스 세계에 빠져 있더라도 그것도 하나의 인생 과정이려니 생각하고 마이너스 세계에 묻혀 버리는 나약함에 빠져서는 안 된다.

플러스 세계에 있다고 해서 기뻐하지도 말며, 또 마이너스 세계에 있다고 해서 슬퍼해서도 안 된다. 힘의 균형을 잃지 않고 꿋꿋이 서 있는 나무와 같이 이 양 세계를 맞이하는 그런 강인한 내면의 힘이 있어야 한다.

그런 강인한 내면의 힘이 있을 때만 어떠한 마이너스 세계가 오더라도 그 힘의 앞에 위력을 발휘하지 못하고 그 마이너스 세계는 고개를 숙이게 될 것이다. 이 마이너스 세계가 강인한 내면의 힘에 눌려 위력을 발휘하지 못하고 사라진다는 것은 곧 이완이 오고, 평온과 안정이 온다는 것을 뜻한다. 이것이 또한 제반 증세와 고통을 퇴치하는 길이 된다.

살다 보면 마이너스 세계에 빠져들 때도 있고, 불안할 때도 있고, 초조할 때도 있으며, 걱정에 시달릴 때도 있다. 말을 더듬을 때도 있으며, 생각이 안 날 때도, 막힐 때도 있다. 독서가 안 될 때도, 막힐 때도 있다. 기억이 안 날 때도 있고, 주의력·집중력이 안 될 때도 있다.

강박 증세(강박 사고·강박 행동)가 있을 때도 있으며, 완벽히 하려고 할 때도 있다. 잠이 안 올 때도 있다. 살다 보면 우울할 때도 있고, 죽고 싶을 때도 있다. 의욕이 안 날 때도 있고, 의기소침할 때도 있으며, 무기력증에 빠질 때도 있다.

또한 슬럼프에 빠질 때도 있다. 두통이 날 때도 있고, 소화가 안 될 때도, 복통이 일어날 때도, 변비가 올 때도 있다. 그리고 공황 장애나 광장 · 폐소(폐쇄) · 사회 · 질병 · 대인 · 고소 · 적면 · 시선 · 소음 공포증 등 각종 공포증이 생길 때도 있다. 성기능 장애가 올 때도 있다. 충동 · 분노 · 감정 조절 장애가 일어날 때도 있다. 살다 보면 사회에 적응이 안 될 때도 있으며, 마음의 중심을 잡지 못하고 헤매며 생활할 때도 있다.

　이 모두는 살다 보면 있을 수 있는 일들인데, 그것들을 그냥 무시하고 흘려보냈으면 되었을 텐데, 그것을 문제시하고 그것에서 벗어나지 못하는 집착(執着)과 완전욕(完全欲) 때문에 증세들이 되었으며, 그 증세들은 더욱 악화 · 심화하게 되었다.
　그리하여 그것들은 상습 집착이 되었고, 고착이 되었으며, 악습관(惡習慣)이 되었다. 그래서 자나 깨나 그러한 증세에서 벗어나지 못해, 마음의 병 환자가 되어 그 고통을 당하고 있다.

　그것들(증세들)은 악습관들이므로 강인한 내면의 힘으로 그 악습관들을 하나하나 없애 나가야 한다. 의지의 힘, 자제와 극기와 인내의 힘 등 내면의 강인한 힘이 없으면, 점점 악습관의 수렁에 깊이 빠져들게 된다.
　이 마음의 병, 즉 신경증 · 심신증이란 나약한 의지의 힘, 나약한 자제와 극기와 인내의 힘, 그리고 모든 나약한 내면의 힘들을 먹고 살찌우고 자라난 악습관들이다. 이 신경증·심신증은 정신과 육체의 병도 아니며, 잘못된 생각·착각에서 출발한 정신과 육체에 깊이 뿌리내린 악습관들인 것이다.

모든 집착과 완전욕에서 벗어나고, 마음속에 꼬인, 맺힌 모든 생각에서 풀어지는 훈련을 해 나가야 한다. 그리고 지금까지 갖고 있던 대인관, 생활관, 인생관, 사회관, 국가관, 세계관 등 모든 관(觀)과 고정 관념에서 풀어지는 훈련을 해 나가야 한다.

그 증세들(악습관들)이 있건 말건 그것들을 무시하고 아무리 증세들과 고통이 따른다 해도 그럴수록 더욱 분기하여 끊임없이 도전하고 또 도전함으로써 마침내 그러한 증세들을 물리쳐야만 한다.

사고방식 전반을, 생활 전반을, 자기 자신을 완전히 뜯어고치는 대역사(大役事), 자기 혁명을 이루어야만 한다. 이것이 바로 완치의 길이다. 그러기 위해서는 끊임없이 이 내면의 힘을 길러야 한다.

이 강인한 내면의 힘을 기르기 위해서는, 생활 전반에서 지금 내가 할 수 있는 힘에서 출발하여 하나하나 끊고, 인내하고, 물리치는 그러한 생활을 해야 하며, 그러한 생활 속에서 이 내면의 힘이 길러지게 된다.

나는 순간순간 영감(靈感)처럼 떠오르는 생각들을 그때그때 종이에다 적어서 움막 벽에 붙이고 그것들을 쳐다보며 나 자신을 분기시키고 또 분기시키곤 했다.

그러나 무엇보다도 그 당시 나에게 있어서 가장 괴로웠고 고통스러웠던 것은 생각이 막히는 증세·독서 막힘 증세였다.

순간 그런 영감 같은 생각들은 잘 떠오르면서도, 아무 의식 없이 하는 생각들은 잘되다가도, 정작 의식을 하고 생각을 하려고 하면 그 순간부터 생각이 막혀 나가지 않으면서 긴장·공포와 함께 심한 고통을 나에게 안겨 주었다.

나는 이 두 증세만은 어떠한 일이 있어도 기어이 정복하고야 말겠다는 결심을 굳히고 또 굳혔다.

3개월여에 걸친 책에 대한 재도전 끝에 마침내 그 영어책 한 권을 읽기는 하였다. 그렇지만 그것은 읽은 것이 아니었다. 내용을 파악한다는 것은 기대할 수는 없었고, 그저 읽었답시고 책장을 넘기는 그 자체였다. 그렇게 책장을 넘기는 그 작업만 하는데 무려 세 달이 걸렸다.

그러나 그것이 그 당시 나에게 있어서는 불가능을 가능으로 돌린 순간이었다. 그리고 처음으로 진정한 가능성을 나에게 제시해 준 그런 결실이기도 한 것이었다.

지금까지 수없이 도전해 보았지만, 그때는 약의 힘을 빌려 했던 것이었고, 이번만은 그 어떠한 것에도 의지하지 않고 순수한 내 의지로서 해냈다는 그 자체에 진정한 의미가 있었다.

'된다! 그 어떠한 것에도 의지하지 않고 해냈다. 그래! 끝까지 밀고 나가면 해낼 수 있다!'

나는 희망에 차 있었고 가슴은 뛰기 시작했다.

이제는 책의 내용을 정식으로 파악하며 책을 읽어 나가기 위한 도전에 또 들어갔다. 뒤로 도로 당겨지는 강박을 기어이 끊으면서, 다시 한 줄 한 줄 정독해 나가는 노력을 계속해 나갔다.

그러기를 몇 개월 후에 마침내 그 영어책을 6~7일에 걸쳐 정식으로 독파해 나가는 데 성공할 수 있었다. 또 몇 개월 후에는 우리글을 읽어 나가듯이 이해되면서 읽어 나갈 수가 있었다.

거기서 그치지 않고 도전을 거듭해 그 책 속에 있는 내용을 그대로 영어로 이야기할 수 있는 수준까지 계속 밀고 나갔다. 움막에서 그렇게 책과의 도전을 1년이 넘도록 해 나갔다.

내 눈앞에는 서서히 삶에 대한 빛이 보이기 시작했으며, 삶의 고동 소리가 들렸고, 삶의 향수가 내 가슴을 파고들었다.

'그래! 이제는 사회에 진출하자. 사회에 진출해서 되든, 안 되든 부딪치며 또 도전의 역사를 만들어 나가자!'

내 가슴속에서는 그런 삶에의 갈구가 꿈틀거리며 솟구쳐 올랐다. 이것이 진정 현실인가! 그 현실이 믿어지지 않았다. 그러나 그것은 분명 내가 이루어 놓은 엄연한 현실이었다.

이제는 사회에 진출할 결심을 굳히고 직장을 알아보았다. 나는 관광통역안내사 면허증을 소지하고 있는 만큼 역시 가야 할 곳은 그 방면이 가장 적합했다. 그래서 여기저기 알아본 끝에 다행스럽게도 어느 큰 여행사에 들어갈 수 있었다.

내가 하는 업무는 통역 안내 업무였으므로 사무실에 붙어 있는 일은 거의 없었다. 구미주(歐美洲) 지역에서 온 외국 관광객들을 전국으로 모시고 다니며 통역 안내 업무를 충실히 해 나가고 있었다. 영어 회화에 별 어려움을 느끼지 않는 나로서는 그 업무에 보람을 느끼며, 제반 증세에 시달리면서도 통역 안내 업무는 해 나갈 수 있었다. 천만다행한 일이었다.

어머니 아버지를 여의고

　여행사에 입사한 지 6개월이 지났을 무렵, 어머니는 끝내 돌아가시고 말았다. 녀석들이 떠난 후, 중풍으로 반신불수의 몸을 이끌고 녀석들의 이름을 부르며 거리를 헤매시던 어머니는 자리에 눕고 말았고, 3년여간의 투병 끝에 돌아가셨다.

　아내는 직장 관계로 어머니를 자주 찾아보지 못했고, 나 역시 일 년 열두 달 주야장천, 그 증세들에 시달리다 보니 어머니를 자주 찾아가 보지 못한 불효를 저질렀다. 얼마나 그 충격이 컸으면, 얼마나 그 마음이 아팠으면 병으로 쓰러져 돌아가셨을까.

　그간 바로 밑의 동생과 제수씨의 고생은 너무나 컸다. 그 동생도 원식이 두식이와 같은 거의 동갑내기 아들 두 녀석과 그 밑으로 또 두 녀석의 아들을 낳고 힘겹게 넷을 기르면서 병들어 쓰러지신 어머니를 자기 집에 모시고 어머니에게 온갖 정성을 쏟았다.

　특히나 제수씨는 어머니의 대소변을 다 받아 내면서 극진히 3년여간을 어머니를 돌보았으나 그들의 정성도 보람 없이 끝내 어머니는 유명을 달리하고 말았다. 임종이 가까울 무렵 나와 아내가 달려가니 얼굴과 몸은 거의 뼈만 남으셨고 임종하는 순간, 입술을 천근만근 힘겹게 움직이면서, "원…식…아… 두…식…아…." 하면서 모기만 한 소리로 녀석들의 이름을 불렀다.

어머니는 임종하는 마지막 순간까지 녀석들을 잊지 못하고 이 세상을 떠나고 말았다. 오열하는 동생들, 흐느끼는 아내, 술에 만취되어 그 슬픔과 고통을 잠재우고 있는 아버지.

나의 증세들과 고통은 내 사랑하는 자식들을 이국땅으로 보내게 했고, 그로 인해 어머니마저 앗아 간, 내 집안과 내 가정을 송두리째 파괴해 버린, 나에게 있어서는 다시없는 철천지원수인 아! 그 증세들! 그 고통들!

성남에 있는 공원묘지에 어머님을 안장시키고 묘비 뒷면에 아들·딸·며느리·사위 그리고 손자들의 이름을 새겼다. 손자들의 이름을 새기며 맨 먼저 '원식' '두식'이라고 쓰면서 나는 참았던 울음을 끝내 터뜨리고 말았다.

"원식아 두식아, 할머니는 너희들이 보고파 돌아가셨단다."

나는 북받치는 울음을 참지 못하고 엉엉 울고 말았다. 어머니의 죽음과 녀석들의 생각은 내 가슴을 쥐어뜯게 했으며, 살아생전 불효막심했던 내 행위가 가슴을 저며 내듯 후회스러웠다.

한평생 고생만 하다 돌아가신 어머니! 남편의 정도, 자식들 키운 보람도 모르고, 구걸하면서까지 남편과 자식들에게 손자들에게 주기만 하다 돌아가신 어머니! 늘 힘없이 축 늘어진 어깨에 근심 어린 얼굴로 한평생 철저히 자신을 희생하면서 자식들과 손자들만을 위해 살아가셨던 어머니였다.

한번은 두식이 녀석이 생후 6개월쯤 되었을 때 녀석의 등에 등창이 생겨 고름이 잔뜩 고였었다. 그것을 입으로 빨아내어 상처를 아물게 했던 어머니이고 보면, 친부모인 나나 아내도 못 했던 사랑을 어머니는 해내셨다. 손자들에 대한 사랑이 얼마나 컸으면 더러운 고름도 마다하지 않고 입으로 빨아내어 그 상처를 아물게 하는 그런 사랑을 베풀었을까 말이다.

그런 손자 녀석들이 영영 이국땅으로 떠나 버리고 말았으니 그 사실을 알았을 때의 어머니의 충격은 어떠했을까. 그래서 쓰러지셨고 임종하는 마지막 순간까지 녀석들의 이름을 부르며 이 세상을 하직하고 말았다.

어머니 묘소에 무릎 꿇고 절하면서 말했다.
"어머니! 제가 잘못했어요."

이튿날 저녁 슬픔에 잠겨 있는 동생들과 줄곧 술에 만취되어 있는 아버지를 성남에 남겨두고 나와 아내는 서초동 움막으로 돌아왔다.

과연 산다는 것이 무엇인가. 다시 삶에 대한 회의가 뼛속 깊이 파고들면서 나를 한없는 슬픔과 비탄에 젖게 했다. 과연 산다는 것이 무엇인가. 이렇게 이 증세들과 고통을 안고 끝내 살아가야 한단 말인가. 내 마음은 다시 흔들리기 시작했고 마음은 다시 인생의 부정 쪽으로 흘러가고 있었다.

그러나 다음 순간, '살아야 한다! 살아야 한다! 지금까지도 나는 해내지 않았는가! 살아서 기어이 그놈들의 증세들을 정복해야만 한다! 그리고 내 생전에 내 사랑하는 아들들을 한 번만이라도 보고야 죽겠다!', '그래! 그러려면 나는 살아야 한다!'라는 결심이 샘물 솟듯 내 마음속에서 솟아 나오고 있었다.

움막 속은 어느덧 어두워 왔는데 아내는 옷도 벗지 않은 채 누워 벌써 잠이 들었다. 8월의 여름밤은 후텁지근 무덥기만 했다.

어머니가 돌아가시고 몇 개월 후 아버지마저 또 중풍으로 쓰러지셨다. 결국 아버지도 나와 아내와 동생들의 정성에도 보람 없이 3년여 투병 끝에 유명을 달리하고 말았다. 어머니의 묘소에 합장하면서 나는 흐르는 눈물을 닦을 생각도 하지 않고 아무 생각도 없이 산 아래를 하염없이 내려다보고 있었다.

다시 원점에서

다시 살아난 독서 막힘 등의 증세들로 인해, 사무실에서 근무해야 하는 처지가 된 후로 업무를 수행할 수 없어 4년여간 다니던 여행사를 그만두고 말았다. 1개월여 집에서 쉰 후 다른 여행사로 옮겼으나 역시 증세들 때문에 그곳에도 오래 있지 못하고 6개월여 만에 그만두었다.

두 번째 여행사를 그만둔 후, 서초동 움막에서 사당동으로 이사했다. 아내가 먼저 있던 변두리 미장원에서 반포 부자 동네 아파트 미장원으로 자리를 옮겼기 때문이었다. 아내가 출퇴근하기 위해 근처로 이사해야 했는데 우리 경제 사정상 좀 떨어진 사당동에 있는 여관방을 얻었다.

여관 2층 조그마한 방 하나를 월세로 들어갔다. 2층에는 조그마한 방들이 여러 개 있었는데 모두 월세를 놓고 있었다. 전에 여관 하던 곳이었는데 여관을 집어치우고 세를 놓고 있었다. 채 한 평이 될까 말까 한 넓이에, 이불과 그릇 몇 개를 놓으니 둘이

겨우 비집고 누워 다리도 뻗지 못할 그런 공간이었다.

직장도 없이 증세들과 고통에 시달리면서 나의 하루하루의 생활은 또다시 창살 없는 감옥과 같은 생활이 시작되었다. 신경은 극도로 예민해져 아내가 조금만 짜증을 부려도 아내에게 욕하고 그릇이며 옷들을 밖으로 집어 던졌다. 그 모든 증세에 또다시 시달리고, 신경은 극도로 예민해져 신경질이 폭발하고 있었다.

모든 인간이 죽이고 싶도록 밉게 보이고, 이 사회를 한없이 증오하고 저항하고 반항하고 싶었다. 총이라도 있다면 모든 인간을 총으로 후련히 쏴 죽이고 나도 자폭하고 싶은 그런 충동이 불끈불끈 일어났다.

남들은 모조리 죽일 놈이요, 개새끼들이며 직장과 사회와 국가는 모두가 잘못돼 있고 나만이 정의요, 나만이 모두가 옳았다. 사람들과 사회와 국가가 모두 완전무결하기를 바랐고, 그렇지 못한 사람들과 사회와 국가를 욕하고 헐뜯고 비난에 비난을 거듭하면서 입에 거품을 물었다.

그것뿐이 아니었다. 길이고 건물이고 눈에 보이는 것은 모조리 완전무결해야 했고, 그렇지 못한 것들에 대해 속으로 흥분하고 욕하고 증오하며 그 문제에 대해 고민을 거듭했다.

아내의 조그마한 잘못은 확대되어 보이면서도 자신의 잘못과 모순투성이는 전혀 보이지 않고 합리화시켜 나갔다. 증세들과 고통으로 인한 울분과 신경질은 결국 아내에게 쏟아졌다. 그래도 아내는 눈물을 닦고 직장(미장원)을 꾸준히 나갔다.

여행사에 다닐 때도 봉급이나 보너스를 제대로 아내에게 갖다준 적이 없었다. 주머니에 돈만 있으면 증세들로 인한 자포자기 심정이 발동해 있는 대로 술을 처먹고 탕진해 버리고 말았다. 돈만 떨어지면 그러지 말아야겠다고 결심하나, 또 주머니에 돈만 들어오면 그런 결심은 봄눈 녹듯 사라지고 말았다.

조그마한 충동에도 자제력이 없었고 조그마한 유혹에도 흔들리는, 약해질 대로 약해진 의지로 이리 쏠리고 저리 쏠리며 좌충우돌하면서 생활했었다.

오직 증세들 때문에 자기 입장만을 생각하고 아내도, 부모도, 형제도 모두 외면한 채, 증세들과 고통에만 집착되어 아무것도 생각하지 않는 생활을 했었다.

사당동에 온 지 1년 후, 사고 막힘과 독서 막힘은 더욱 심해졌다. 독서 막힘은 단 한 줄도 읽지 못하는 그런 최악의 상태에까지 되돌아갔다.

완벽증은 더욱 심화하였고, 강박증(강박 사고·강박 행동)은 더욱 심해져 갔다. 막연한 불안·초조, 우울증, 두통, 각종 공포증 등 제반 증세도 더욱 심해져 갔다.

모든 것이 다시 원점으로 돌아왔고, 그 원점에서 나는 또 그 고통의 나날을 보내야만 했다. 몸은 다시 여위어 가고 얼굴은 창백해져 갔다.

그러한 상태에서도 나는 병의원이나 약국을 찾지 않았다. 나는 죽는 한이 있더라도 약은 먹지 않기로 했다. 이 증세들과 고통은 마음으로 기어이 극복해야 할 대상이라는 신념이 마음속 깊이 자리 잡고 있었다.

아내가 착실히 돈을 저축한 덕분에 다시 1년이 지나 우리는 반포 아파트 단지 내에 있는 집 한 채 중 방 한 칸을 전세로 얻어 들어갔다. 내가 퇴직할 때 받은 얼마 되지 않은 퇴직금을 아내가 은행에 저축해 놓았다가 전세방 얻는 데 보탰다.

다시 1년 후 우리는 부평으로 이사했다. 조그마한 국민주택형 신축 아파트 한 채를 사서 들어갔다. 20년간 상환하는 주택지원 장기저리 은행융자를 끼었기에 자기 돈을 얼마 안 갖고도 살 수 있었다. 나는 거기서 증세들에 도전해 기어이 증세들을 정복하고야 말겠다고 결심하고, 또 증세들과 고통과의 싸움을 다시 시작했다.

회고

　지나간 나의 생활을 돌아보기로 했다. 내 나이 어언 40대 중반. 증세들과 고통에 내 인생을 송두리째 묻어 버린 지 30여 년. 그 30여 년 동안 내 인생은 오직 캄캄한 동굴 속에서 출구를 찾아 미친 듯 허우적거리며 헤매다가 지쳐 쓰러졌고, 또 일어나선 캄캄한 동굴 속을 더듬으며 헤매다가 쓰러지곤 했다.

　어쩌다 한 줄기 빛을 보고는 환희에 들떠 그리로 사력을 다해 가 보곤 했으나 역시 그곳도 빠져나갈 출구는 없었다. 캄캄한 동굴 속에서 헤매다가 또 한 가닥 빛을 보고는 미친 듯 그리로 달려가곤 했으나 다시 그곳도 빛이 사라지며 캄캄하게 막히고 말았다.

　그래도 목숨을 포기하지 않고 손발이 다 달아 피가 철철 흐르면서 결사적으로 캄캄한 동굴 속을 빠져나오기 위해 필사의 노력을 기울였다. 그러나 빠져나오지 못하고 동굴 속에서 30여 년 동안 죽지 않고 아직도 출구를 찾아 몸부림치고 있었다.

내 마음속에는 어딘가 분명 출구는 있다는 확신이 서 있었고, 그 확신을 믿고 아직도 이렇게 살아 출구를 찾아 헤매고 있었다. 오랜 세월 후, 빛이 보인다고 해서 무작정 뛰어가지도 않는 여유가 생겼고, 차분히 어디가 출구라는 생각이, 오랜 세월 동안의 경험으로서 서서히 마음속에 자리 잡아 가고 있었다.

왜냐하면 분명 내가 이 동굴 속에 빠져 들어온 구멍이 있으므로 그 구멍은 반드시 있을 것이며, 내가 들어온 곳을 거꾸로 더듬어 나간다면 그 들어온 구멍으로 다시 빠져나갈 수 있다는 그런 확신이 서 가고 있었다.

누가 그 구멍을 막아 놓을 수도 있겠으나 동굴 밖에는 사람이라고는 나 하나밖에 없었고, 짐승도 날짐승도 그 어떤 생물도 살지 않는 내 영토였으므로 나 이외에 그 구멍을 어찌할 수 없을 것이다. 그러나 어떤 천재지변으로 그 구멍이 막힐 수도 있겠으나 동굴 속에서 그러한 천재지변은 느낄 수 있었기 때문에 지금까지 어떠한 천재지변도 없었다는 것을 알 수는 있었다.

그렇다면 그 구멍은 틀림없이 그대로 남아 있을 것이 틀림없으므로, 나는 기어이 그 구멍을 찾아 나갈 수 있다는 확신이 있었다. 그리고 지금까지 30여 년 동안 경험으로 미루어 보아 거꾸로 더듬어 나갈 수 있는 그 길과 어디쯤 출구가 있다는 확신이 서 가고 있었고, 드디어 그것은 굳은 신념으로 변해가고 있었다.

　이제는 그 신념을 밀고 그 신념대로 더듬어 나가는 일만이 남아 있었다. 그러면 반드시 그 출구에 도달할 것이고 그 구멍을 통해 드디어 내 본래의 영토로 빠져나오게 되는 것이다. 지금까지 나는 동굴 속에서 그러한 확신과 신념을 제대로 밀고 나가지 않았다.

　어떤 때는 동굴 속에서 체념하고 자포자기했고, 그래도 그 동굴 속에 어느 정도 적응이 되어 동굴 속에서 생기는 먹을 것들을 뜯어 먹으며 살았다. 빛이 없어도 동굴 속의 어둠에도 어느 정도 익숙해져서 그런대로 고통을 감내하면서 살아갈 수 있었다. 그렇다고 동굴 속에서 그렇게 생(生)을 마칠 수는 없었다.

　이제는 그 확신과 그 신념을 따라 반드시 저 밖의 내 본래의 영토로 나가는 출구를 찾아 그리로 박차고 빠져나가야 하는 최후의 몸부림을 쳐야 할 때가 온 것이라 생각했다.

반성

마이너스 세계에 빠져 있는 나 자신을 플러스 세계로 전환을
해야 한다는 것을 알고 있으면서도 그 실천에는 게을리해 왔다.
30여 년간 골수에 박힌 그 마이너스 세계에서 빠져나온다는 것
은 정말 어려운 일이었기 때문이었다.

아무리 플러스 세계로의 노력을 기울여도 조금만 방심하면 다
시 마이너스 세계로 떨어지는 사고방식과 생활 태도에 나 자신
도 모르게 빠져 있었다.

플러스 세계로 돌리기 위한 작업을 하기 위해서는 항상 24시
간 플러스 세계로의 전환을 의식해야 했는데 생활하다 보면 그
게 그렇게 쉽게 되지 않았다. 그래서 조금만 불편해도, 조금만
마음에 맞지 않아도 인간들을 미워하고 세상을 증오하며 자신의
마이너스 세계의 틀에서 빠져나오지 못하고 있었다.

그래서 증세들을 일일이 문제시하기보다는 우선 마이너스 세
계에 빠져있는 나 자신을 건져내는 작업부터 해야 하는 것이 순

서였다. 그간 그것을 깨달아 알고 있으면서도 그 속에서 빠져나오기 위한 노력을 게을리했거나 생활 속에서 자주 잊어버리고 있었다.

그도 그럴 것이 아무리 플러스 세계로 향하려 해도 사람들이, 세상이 올바르게 되어 있지 않은 그 현실을 보고는 흥분하고 개탄하는 마음이 저절로 들어가는 것은 어쩔 수 없는 일이었다. 아무리 플러스 세계로 향하려고 해도 사람들이, 세상이 그 꼴인데 자연히 마이너스 세계로 빠져들며 분노하고 한탄하게 되었다.

그래서 여기서 다른 방향으로의 플러스 세계인 새로운 나의 인생관, 사회관, 국가관, 세계관을 정립할 필요를 느꼈다. 우선 인간 나 자신부터 깊이 뜯어보는 반성부터 해 보기로 했다. 그렇다면 그렇게 사람들을 증오하고, 세상을 증오하는 너라는 인간은 과연 어떠한가? 이런 질문을 던지고 나 자신을 깊이 들여다보았을 때, 나도 별수 없이 그들과 똑같은 인간임을 보게 되었다.

그리고 위치가 바뀌어 내가 그들의 입장이 된다 하더라도 나도 그들과 다를 바 없는 인간이 될 것이라는 생각이 들었다. 그러면 또 나 같았던 사람들로부터 비난과 증오의 대상이 될 것 같았다.

물론 인간은 완전하지 못하므로 그 완전하지 못한 인간을 완전하게 보려는 그 습관부터 고쳐야 했다. 나 자신부터 완전하지 못하고 모순투성이인데 나 자신은 덮어 두고 사람들이, 세상이 완전하기를 바란다는 것은 참으로 모순이요, 말도 되지 않는 이야기였다.

그 말도 되지 않는 이야기를 그대로 되기를 바라면서 그렇지 못한 사람들과 세상을 증오하며 원망하고 한탄하며 혼자 고민하고 비관하며 때로는 발광하며 그렇게 살아왔다.

이렇게 어처구니없는 틀을 스스로 만들어 놓고, 그 틀 속에 세상이 들어오지 않는다고 그 세상을 증오하고 원망하며 한탄하고 지냈으니 이것이 얼마나 우스운 일이었던가.

물론 우리에게는 이상이 있고 목표가 있겠지만, 그 이상도 그 목표도 현실을 바탕으로 출발할진대, 그 현실을 싹 무시하고 그 현실을 건너뛰어 하늘에서 또는 땅에서 그 이상과 목표가 뚝 떨어지고 솟아나서 눈앞에 우뚝 와 서 있기를 바라는 그런 어리석은 고민에 빠져 밤낮 머리를 감싸 안고 한탄하고 비난했으니 이얼마나 웃지 못할 난센스였는가 말이다.

설사 그 이상과 그 목표에 도달했다 하더라도, 또 거기서 완전하지 못한 그 실체를 보고 또 불만과 좌절에 빠지고 비난을 퍼부으며 다시 완전한 것을 추구할 것임이 틀림없을진대, 그 완전이라는 것은 도대체 어디까지란 말인가.

뭇사람들이, 일반론으로 완전하다고 한다면 그 속에서 생활하고 인생을 살아가야 할 터인데, 그렇지 못하고 자꾸만 완전만을 추구해서, 그리고 완전해서 도대체 어떻게 하겠다는 말인가. 그러니 그런 시야를 갖고 세상만사를 보니 모두가 불만이요, 개새끼들이며, 죽일 놈들이었으니 이 얼마나 웃지 못할 난센스였는가 말이다.

인간은, 세상은 불완전한 것이며 그 불완전 속에 삶의 진리가 있고, 또 우리가 살아가는 목적이 있다. 만약 인간이, 세상이 모두가 완전하다면 얼마나 무미건조하겠는가.

이 현실이, 이 세상이 불완전하고 모순투성이라고 하더라도 그 속에서 노력하며 살아가는 데 삶의 길이 있고, 삶의 보람이 있다. 그 현실을 긍정하고 그 긍정 속에서 부단히 노력하며 살아가는 것이 이 세상 모든 인간에게 주어진 삶의 본연의 의무이다.

인간은 어떻게 생각하느냐에 따라, 또 어떻게 마음을 먹느냐에 따라 극락도 지옥도 있다. 참다운 진리와 행복은 이 불완전한 인생의 고통과 고난 속에 있고, 그것을 헤쳐 나가는 인생 과정에서 있다.

우리에게 단 한 번 주어진 이 인생을 고맙게 여기고, 그 인생을 살아갈 의무가 그리고 가치가 우리에게는 있다. 이 불완전한 세상이 내가 딛고 서 있는 엄연한 현실일진대, 엄연한 내 인생·내 삶일진대, 그 속에서 살아가며 참진리와 행복을 터득해 나가야 한다.

분명 내가 살고 있는 이 현실을, 이 세상을, 이 현세를 극락으로 천당으로 만드는 각자의 노력이 반드시 있어야만 한다. 또한 극락도 천당도 완전할 수는 없겠으며, 또 완전해서도 안 되겠고, 또 완전할 필요도 없다. 그러므로 각자의 불완전한 삶 속에서 극락과 천당을 만들어 나가야 한다. 분명 불완전 속에서 극락도 천당도 그 모든 것이 존재한다는 사실을 잊어서는 안 된다.

완전과 집착

우선 제반 증세를 제쳐 놓고, 사고방식의 혁신·생활의 혁신·나 자신을 완전히 뜯어고치는 인간 개조의 길로 들어서기로 작정했다.

이 불완전한 사람들과 모순투성인 사회와 세상을 긍정하고 사랑하고 그들과 그 속에서 하나하나 고쳐 나가는 노력을 하면서 살아가는 것이, 내가 살아가야 할 참삶이라는 것을 굳게 깨달았고 그 실천에 박차를 가하기로 했다.

현실을 떠난 나는 존재할 수 없다. 그 현실에 불만이 있다고 해서 그 현실에서 도피한다고 해도, 그 도피한 현실에 또 불만이 있을 것이다. 그러므로 현재 내가 있는 현실을 인정하고, 참다운 삶의 터전으로 만들어야 할 지상 과제가 나에게 엄연히 존재한다는 사실을 알아야 했다. 지금까지 나는 현실을 외면하고 그 현실에서 도피하려 했다.

강 건너 행복과 만족이 있는 줄 알고 건너가 보았으나 강 건너에도 행복과 만족은 없었다. 도리어 내가 있던 이쪽이 더 행복하고 만족하게 보여 다시 건너와 보았으나 역시 이쪽에도 행복과 만족은 없었다.

그래서 다시 산 밑에 행복이, 만족이 있는 줄 알고 그리로 가 보았으나 역시 그곳에도 행복과 만족은 없었다. 또 바닷가에 행복이, 만족이 있는 줄 알고 가 보았으나 그곳에도 행복과 만족은 없었다.

그리하여 한없이 방황해 보았으나 결국 아무 곳에도 행복과 만족은 없었다. 집에 와 쓰러져 가만히 가슴속의 소리를 들으니 지금 내가 누워 있는 이곳에 행복과 만족이 있다는 소리가 들렸다.

지금까지 나는 헛된 인생을 살았고 수없이 방황하며 인생을 낭비했다. 그 말도 되지 않는 것에 목표를 두고 그것이 이루어지지 않는다고 머리를 부여안고 고민하고 한탄했으며 완전만을 추구해 발버둥 쳤다. 그 완전은 결국 끝이 없게 되자 지쳐 쓰러져 그렇게 되지 않는 현실을 증오하고 원망하며 살았다.

결국은 체념과 포기를 배우고 그 현실을 긍정하고 그 속에서 살아가야 한다는 것을 알게 되었다. 인간의 욕망은 끝이 없듯이 이 완전도 끝이 없는 것이다. 그렇게 끝이 없는 완전을 추구한다는 것은 신기루를 쫓는 사하라 사막의 대상(隊商)의 허황한 짓이나 마찬가지이다.

농부가 밭에서 일하고 난 후 밭두렁에 앉아 마시는 막걸리가 달콤하고 맛있는 것은 땀 흘리고 나서 마시는 것이기 때문이다.

안일한 생활 속에서 고급 주택의 소파에 앉아 마시는 양주가 이 막걸리 맛보다 맛이 없을진대, 그리고 그 안일 속에서 양주 맛이 없다고 투덜대며 그 위에 또 고급 양주를 찾고 있다.

그러나 또 그 위의 고급 양주를 마신다고 하더라도 그는 거기에 만족하지 못하고 또 그 위의 고급 양주를 찾게 될 것이다.

그러면 이러한 문제들은 왜 야기되는가? 그것은 행복과 만족은 완전에 있는 것이 아니고, 행복과 만족은 각자에게 주어진 삶을 받아들이고 그 주어진 삶에 충실히 노력하면서 살아가는 데에 있다는 것을 말해 주고 있다.

그러므로 우리는 이 유령 같은 완전에 대한 문제를 분명히 알아야만 되겠고, 각자가 마음속에 이 완전에 대한 선을 긋고 그 선에서 행복과 만족을 찾는 노력을 해야 한다. 이렇듯 완전에 대한 문제는 현재의 자신의 마음의 문제이지, 어떤 외적 조건에 의해 좌우될 문제가 아니다.

인간이 산다는 것이 과연 무엇인가. 완전을 위해 사는가. 완전은 결국 행복과 만족을 위한 수단이지, 그 목적은 아니다. 그래서 행복과 만족을 찾기 위해서 완전을 요구할 뿐이다.

그렇다면 그 행복과 만족이 있으면 될 것이 아닌가. 그 행복과 만족은 완전에 있는 것이 아니고, 각자의 마음속과 생각에 있다는 것을 우리는 알아야 한다. 과학도 학문도 그 무엇도 모두가 완전을 위해 추구해 나가지만, 완전이라는 것은 끝이 없으므로 결국은 불완전 속에서 끝나고 말 것이 분명하다.

그러면 무엇 때문에 인간은 이렇듯 무모한 완전을 위해 끊임없이 노력해 간단 말인가. 그것은 생존 경쟁(生存競爭)으로 끊임없이 그렇게 되어가고 있을 뿐이다. 그러므로 이러한 완전을 추구하는 생존 경쟁의 현대에 사는 우리는 각자에게 주어진 완전에서 행복과 만족을 찾는 지혜를 배워야 한다. 진정 행복과 만족을 바란다면 자기 처지를 알고 자기 분수를 알아 각각 그것에 맞는 완전에 맞춰 살아가야 한다는 것을 알아야 한다.

자기 처지에 맞지 않는, 자기 분수에 맞지 않는 완전을 추구하다 보니, 그 증세들이 더욱 심화하여 그 고통을 당하게 된다. 그리고 현재 자기 처지와 분수에서 자기라는 사람은 훌쩍 빠져 먼 나라에서 헤매고 있으니, 그 괴리에서 갈등이 생기고 불만이 생기고 좌절이 생긴다.

그리하여 그 늪에 빠져 허우적거리며 빠져나오지 못하고 살려 달라고 한다. 그래서 그 고통스러운 마음의 병에 걸려, 자기가 만든 그 함정 속에 스스로 빠져 발버둥 치고 있다.

이렇듯 완전이라는 유령에 끌려 그 깊은 수렁에 한번 빠지면 그 속에서 빠져나오기란 거의 불가능에 가깝도록 힘들다. 그러므로 이 완전이라는 정체를 알고, 그 속에 빠져들지 않아야겠지만, 일단 빠졌으면, 차분히 그 속에서 한 걸음 한 걸음 빠져나오는 끊임없는 노력을 해야 한다.

그러면 왜 이러한 무모한 완전의 정체를 알면서도 그 속에 빠져들며 그 속에서 빠져나오지 못하는가. 그것은 다름 아닌 그것에 계속 달라붙는 집착이라는 정체(正體) 때문이다.

아무리 그러한 완전을 요구하지 말아야 하겠다면서도, 아무리 발버둥 치며 그러한 완전욕에서 빠져나와야 하겠다면서도, 그 완전을 요구하고, 그 완전욕에서 빠져나오지 못하는 것은 이 집착이라는 놈이 작용하기 때문이다.

그렇다면 이 집착이라는 것은 무엇인가. 천체의 질서를 유지하는 중력(重力)이 조금만 균형을 잃어도 천체는 온통 질서를 잃고 혼란에 빠질 것과 마찬가지로, 정신적 세계의 질서를 유지하고 있는 이 집착이 균형을 잃었을 때, 정신적 세계는 질서를 잃고 혼란이 오고 몸살을 앓게 된다.

그리고 그 영향은 육체적 세계에도 미치게 된다. 이 집착이 균형을 잃고 제멋대로 날뛸 때 정신세계에는 커다란 변화가 오게 된다. 완전욕에 빠져 그 속에서 빠져나오지 못하는 것도, 제어력에서 벗어난 이 집착이 계속 그것에 달라붙기 때문이며, 또한 그 집착이 계속 작용해 강박이라는 현상이 일어난다.

이러한 완전에 대한 강박이나 강박의 반복도 결국 제어력에서 벗어난 이 집착이라는 놈이 계속 작용해 그와 같은 현상을 만들어 간다. 이 제어력에서 벗어난 집착은 마치 고삐 풀린 망아지처럼 이리 뛰고 저리 뛰며 제 세상 만난 듯 논이고, 밭이고, 들이고 간에 모두를 마구 짓밟아 못 쓰게 만들어 놓는다.

이처럼 이 집착이라는 놈이 고삐가 풀려 제멋대로 날뛰어 정신과 육체를 짓밟아 놓은 현상이 다름 아닌 마음의 병, 즉 신경증·심신증이다.

성찰

지금까지 사고 막힘 · 독서 막힘 · 강박증 등 제반 증세를 극복하기 위한 싸움은 결국 이 집착과 완전욕을 떼기 위한 싸움이었다. 특히나 사고 막힘 · 독서 막힘 증세는 집착에 물려 앞으로 나아가지 않는 현상이며, 또한 그로 인해 주의력 · 집중력이 되지 않고 있었다.

증세 전반 · 생활 전반 · 모든 정신 활동에 끊임없이 덤벼드는 이 완전욕과 그 집착을 떼기 위한 본격적인 작업을 해 나가기로 했다. 그리하여 우선 불만을 없애는 작업부터 해 나가기로 했다. 불만 쪽으로만 들러붙는 상습 집착 때문에 아무리 만족스러운 상황에서도 만족을 모르고 항상 불만과 시비 속에 빠져들고 있었다.

집착이라는 놈이 불만 쪽으로 기울어져 있는 한 아무리 만족스러운 상황이 오더라도 그 99의 만족을 보지 못하고 1의 불만에만 집착이 가 결국 99의 만족도 그 1의 불만에 가려져 마음속은 결국 만족을 모르고 불만이라는 어둠으로 물들어 버리고 있었다.

이 불만의 집착을 떼어 내기 위해서는 지금까지의 좁은 마음의 창(窓)을 통해 세상을 보아 왔던 것에서, 보다 넓은 마음의 창을 통해 세상을 보는 훈련을 시도해 나가기로 했다. 좁은 창을 통해 보이지 않던 다른 부분들이 넓은 창을 통해서는 보였고, 그래서 좀 더 보이는 대상이 명확해졌다.

나는 이러한 훈련을 시도하면서 궁극에 가서는 마음의 창을 열고 바깥 전부를 보아, 바깥 전체를 알 수 있는 그러한 작업을 계속해 나가기로 했다.

지금은 워낙 그 창문이 녹이 슬어 잘 열리지 않으나, 있는 힘을 다해 열 수 있는 데까지 열면서 바깥을 내다보는 끊임없는 작업을 해 나가기로 했다. 그러면 점점 시야가 넓어지면서 불만의 폭도 좁아질 것이고 따라서 미움과 원망의 마음도 점점 줄어들면서 관용과 포용의 마음으로 돌려질 것이다.

하여튼 이러한 관점에서 지금까지 모든 사람에게 향했던 꼬이고 맺힌 마음을 풀면서 그들의 단점을 보는 대신 장점을 생각하고 부정적인 측면보다 긍정적인 측면을 보려고 노력했다. 그들을 이해하고, 세상을 이해하고 그리하여 그들과 세상에 향했던 모든 어두운 감정과 불만의 감정을 그렇지 않은 감정으로 돌리는 훈련을 해 나가기로 했다.

이 집착을 떼는 싸움이란 어떤 특정한 것에서의 싸움이 아니라, 생활 그 자체, 삶 그 자체, 인생 그 자체에서 일어나는 그 본질적인 집착의 문제를 해결하는 데에서만 가능할 것이다.

이렇게 집착이란 문제를 놓고 따져 볼 때 인생의 본질적인 문제까지 접근하게 되는 것이고, 그 본질적인 인생의 문제에 접근하고 거기에 대한 철학이 확립될 때에만 근원적인 집착의 문제는 해결될 것이다.

어쩌면 이 마음의 병 증세들과 고통은 이 세상의 욕심과 집착에서 떠나지 못하는 데 대한 신(神)의 벌(罰)인지도 모르는 일이다.

이러한 집착의 본질적인 문제에 접근하고 집착이 만드는 생활관·인생관을 재정립하고, 살아가는 데에 대한 본질적인 문제와 목표를 재발견하려고 노력했고, 거기에 대한 확고한 철학을 정립하는 데에 심혈을 기울였다. 증세 전반·생활 전반·정신 활동 전반에서 일어나는 그와 같은 집착을 끊으면서 생활해 나가는 훈련을 하나하나 해 나갔다.

아무리 그 집착의 물림이 강하더라도 이를 악물고 그 집착에서 벗어나는 훈련을 해 나갔다. 아무리 집착에 물려 성질이 나고 신경질이 나도, 죽는 한이 있더라도 아내에게 욕을 하지 않고 손을 대지 않을 것을 굳게 다짐했다.

하늘이 두 쪽이 나더라도 남을 원망하거나 세상을 증오하지 않기로 했고, 남과 다투거나 싸우지 않기를 거듭거듭 마음속에 다짐하고 또 다짐하곤 했다. 이 모두는 집착과 완전욕에 물려 일어나는 일이므로 그 집착과 완전욕을 끊는 데에 분골쇄신의 노력을 기울였다.

불안 · 공포 심리

공황 장애, 광장 · 폐소(폐쇄) · 사회 · 대인 · 고소 · 적면 · 시선 · 소음 공포증 등 수많은 모든 공포증에서 일어나는 불안 · 공포 심리에 대해 알아보자.

불안 · 공포 심리도 그것들을 이겨 나가는 훈련을 해 나가야 한다. 어떤 상황에서, 어떤 조건에서 일어나는 불안 · 공포 심리를 어떤 상황과 어떤 조건에서 피할 것이 아니라 그 속에서 그 불안 · 공포를 이겨 나가야 한다.

이 불안 · 공포도 그러한 상황과 조건 속에 집착이 달라붙어 일어나는 심리적 현상으로서, 그 상황과 그 조건에 가는 집착을 떼고 그 집착이 가지 않아야 불안 · 공포 심리가 없어진다. 이 역시 집착이며 고착이며 악습관이다 보니, 그것을 뗀다는 것도 역시 힘겨운 노력이 투입되어야 하며 그것들과 싸워 이겨 나가는 수밖에는 없다.

불안 · 공포 상황과 조건들을 피할 것이 아니라 그 속에서 그것들을 싸워 이겨 나가는 심리적 승리가 있어야 하며, 그 속에서 싸워 이겼을 때 이것은 곧 집착을 이긴 결과가 되어, 그러한 불안·공포 상황과 조건들이 무력해지고 불안·공포 심리는 사라지게 된다.

다시 말해 불안·공포 심리에서 해방된다는 것은 그와 같은 불안·공포 상황과 조건에 붙는 집착 심리를 끊고, 그러한 상황과 조건에 집착이 가지 않는 상태를 말하는 것이 된다.

예를 들어, 소음에 대한 불안·공포(소음 공포증은 나에게 있어서 가장 심했던 증세 중의 하나였음)에 대해 알아보자.

집 밖의 도로를 달리는 자동차 소음이나 철도 위를 달리는 전철 속의 소음은 내 능력이 미치지 못하는 어쩔 수 없는 불가항력적인 것이므로, 아예 체념하니 그것에 집착되지 않음으로써 그 소음에 대한 불안·공포를 느끼지 못하고 아무렇지도 않게 신경이 가지 않고 잠도 잘 수 있었다.

그러나 옆집에서 들리는 피아노 소리나 밖에서 떠드는 아이들의 소리에 극도로 신경이 가 모든 일에 제동이 걸리고 잠도 잘 수 없는 것은, 그것들은 내 통제력에 미치는 것이어서 체념이 되지 않고 계속 거기에 집착되기 때문에 그와 같은 불안·공포 현상이 일어나, 하는 일에 제동이 걸리고 잠도 잘 수 없게 되었다.

그 집착을 끊고 아무렇지 않게 되게 해야 하는데, 그것이 잘 되지 않는 것은 오랜 이 악성 집착이 있었기 때문이다. 그러므로 이것 역시 집착을 떼는 그러한 훈련을 해 나가야 한다.

그리하여 마침내 그 집착에서 벗어나고 아무렇지 않게 될 것이다. 그리고 그것이 곧 그와 같은 소음의 불안·공포 심리에서 벗어나게 되는 길이다. 이것은 그 '힘의 원리'와 맥락을 같이 한다. 즉 소음 집착에 가는 힘보다 소음 집착에 가지 않는 힘이 더 강하면 된다.

이처럼 불안·공포에 있어서도 이 집착을 알고 모든 불안·공포 상황과 조건 속에서 그 상황과 조건들을 피할 것이 아니라 그 속에서 싸워 이기면서 그 집착을 끊는 훈련을 해 나가야 한다. 그리하여 집착에 가는 힘보다 집착에 가지 않는 힘을 길러야 한다.

처음에는 아파트 계단을 오르내리는 소리, 옆집에서 나는 피아노 소리, 전축 소리, 밖에서 아이들이 떠드는 소리, 행상인의 떠드는 소리, 아파트 안내 방송이 극도로 내 귀를 거슬리게 하고 내 신경을 자극했다.

그래서 그것들 때문에 싸움도 많이 했지만, 결국 내 한계를 넘는 일이어서 체념하고 그것들을 참고 이겨 나가고 그 집착에서 벗어나는 인내의 생활을 해 나갔다. 시끄러운 자동차·리어카 행상의 확성기 소리 등은 관리실을 통해 단속을 해서 제재하는 방향으로 했고, 무분별한 아파트 안내 방송도 자제토록 했다.

그 외에 위층에서 나는 웬만한 층간 소음이나, 밖에서 아이들이 떠드는 소리나, 옆집에서 나는 피아노 소리, 전축 소리 등 일상생활에서 나는 소음 등은 이해하고 참고 이겨 내면서 그 집착에서 벗어나는 생활 훈련을 계속해 나갔다.

모든 공포증에 있어서 불안·공포 상황과 조건들을 피할 것이 아니라 그 상황과 조건들 속에서 그 상황과 조건들을 이겨 나가야 한다. 즉 불안·공포 상황과 조건들에 도전해 불안·공포에 대한 면역의 힘을 길러, 불안·공포 상황과 조건들에 가는 집착의 힘보다 집착에 가지 않는 힘이 더 강하면 된다.

적응

적응(適應)에 관하여 이야기해 보자. 이 적응의 문제를 해결하지 않고서는 신경증·심신증 증세들을 해결할 수 없다.

나는 일상생활·사회생활을 하는 데 있어서, 사사건건 그 무엇에도 불만과 거부감이 일어나며 적응하지 못했다. 이 적응하지 못하는 것도 완전한 것만을 바라는 완전욕에 대한 집착 때문에 부적응(不適應) 현상이 일어났다.

그래서 이 적응의 문제를 해결하려면 어차피 불완전한 사람, 불완전한 사회, 불완전한 국가, 불완전한 세상, 그 모든 것이 불완전한 속에서 존재한다는 것을 알고, 결코 완전이라는 것은 있을 수 없다는 사실을 알고, 그 불완전한 모든 것 속에서 적응해 나가는 훈련을 해 나가야 한다.

이 적응도 결국 사고방식, 대인관, 사물관, 사회관, 국가관, 세계관 등의 재정립이 있어야 하고 현실을 보는 안목을 길러야 한다. 그 현실 속에서 사는 한, 그 현실 속에서 적응해 나가야 하고 그 적응 속에서 한 단계 발전하고, 거기에 적응하면서 또 한 단계 발전을 위한 노력과 해결을 찾아 나가야 한다.

이 적응도 생각하기와 마음먹기에 따라 좌우되는 것이므로 사람들에 대한 부정적인 측면보다, 세상에 대한 부정적인 측면보다 긍정적인 측면을 보는 훈련을 계속해 나갈 때, 사람들에, 세상에 대해 긍정적인 안목이 생긴다. 그리하여 불만 집착에서 만족 집착으로 방향 전환이 되면서, 그 부적응이 적응으로 돌려지게 된다.

사람들이, 세상이 옳지 않다고 하더라도, 어쩔 수 없이 긍정하면서 그 속에서 그 옳지 않은 것들을 고쳐 나가는 노력과 적응을 함께 하면서 살아간다.

어찌하겠는가. 산다는 것이 그런 것을. 따지고 고민해 보았자 결국 너만 죽어나는 것을. 그런 삶 속에서, 그 평범한 삶 속에서 보통 사람이 살아가는 평범한 진리를 배워야 하고, 그 속에서 행복과 만족을 찾는 훈련을 해 나가야 한다.

인생은 어차피 빈손으로 왔다가 빈손으로 가는 것. 그 인생에 그렇게 아등바등 미련을 갖고, 집착하고 그래서 적응하지 못하고 그 고통을 당하고 있다.

그 집착에 대한 충족이 이루어진다 하더라도 그 충족에 또 만족하지 못하고, 그래서 적응하지 못하고 끝없이 불만 집착에 이

끌려 스스로 만든 그 함정 속에 빠져 그 고통을 당하고 있다. 그래서 인생을 비관하고, 세상을 비관하고, 스스로 무덤을 파면서 그 속에 빠져드는 그러한 우를 범하고 있다.

이 적응의 문제도 완전욕이 만드는 유령과 같은 존재로서 이 또한 적응의 정체를 알고 그것에 대처해 나가는 훈련을 해 나가야 한다.

인간은 어떠한 조건과 환경에서도, 무엇에서도 적응해 나갈 수 있는 적응력이 있다. 이 적응력의 문제를 알고 적응할 수 있는 적응 훈련을 해 나가다 보면, 그렇게 거부감이 일어나며 적응하지 못했던 것도 나중에는 적응이 되면서 오히려 그 적응하지 못했던 것이 좋게 보이며 자신이 적응하지 못했던 것이 오히려 우습게 여겨지게 된다.

아름답게 보이고 고맙게 여겨지던 아내가 어느 날 아침 밉게 보이고, 좋은 친구가 어느 날 마음에 안 드는 친구로 생각된다. 놓친 고기가 더 커 보이고, 헤어진 여인이 더 아름답고 좋아 보인다. 실은 잡은 고기가 더 크고 지금의 여인이 더 아름답고 좋은데도 말이다.

이러한 것들이 다 마음이 만드는 마음의 농간이다. 마음은 간사한 것. 그 간사한 마음에 놀아났으며, 기분이라는 그 마음의 색깔에 놀아났다.

그래서 적응하지 못했고, 불만과 시비와 방황 속에 지금까지 살아왔다. 지금까지 그 마음과 기분에 춤췄고, 그것에 따라 내 인생이 흘러왔다. 지금까지 마음이 내 주인이었고, 기분이 내 주인이었다. 지금까지 나는 이 마음과 기분의 주인이 명하는 대로 살아왔다.

이것을 보면 이것을 하고 싶고, 저것을 보면 저것을 하고 싶고, 줏대 없이 그 마음과 기분이 명하는 대로 춤추며 장단 맞춰 흘러왔다. 그리하여 그 무엇에도 적응하지 못하고 끝없이 방황했고, 그 방황 속에 인생을 비관하고 죽음을 생각했다.

이제부터는 내가 마음의 주인이며 내가 기분의 주인이 되어 이놈들을 내 발아래에 깔고 내가 이놈들을 관장(管掌)하고 내가 이놈들을 다스려야 한다. 그래서 내가 당당히 이놈들을 다스리게 될 때, 내가 적응을 이끌어 나갈 수 있으며 내 갈 길을 갈 수가 있다.

적응에 대한 예를 들면, 서초동 꽃동네 움막으로 이사 왔을 때, 처음에는 이런 곳에서 어떻게 사나 걱정이 태산 같았으나 움막을 손보고 생활해 가면서 차츰 적응해 나갈 수가 있었다.

처음에는 모든 것에 적응되지 않아 생활에 큰 불편을 느꼈으나, 점점 움막 생활에 적응되어 나갔다. 더군다나 도시의 때가 묻지 않은 동네 사람들이 좋았고, 인정 있고 순박한 그들에게서 살아가는 삶을 보는 것 같았다. 그러면서 점점 그 사람들과 동네에 정들면서, 적응되면서 살아가게 되었다.

동네를 떠날 때, 정들었던 동네 사람들과 헤어질 때는 눈물을 흘렸고, 특히나 효순네 가족과는 헤어지기가 싫어 부둥켜안고 눈물을 흘렸다. 그렇게 그 꽃동네와 동네 사람들과 움막에 정이 들었고 적응이 되어 있었다.

다시 적응에 대한 예를 들어보자.

아내와 내가 서울에서 살다 부평 아파트로 막 이사 왔을 때는 정말 여기서 어떻게 사나 하는 걱정이 많았다. 아파트 단지가 논이었던 자리에 들어서 있었으며 주위는 전부 논이었다. 아내의 불편과 고통은 몹시 컸다. 반포 미장원까지 출근하려면 새벽 5시에 일어나 아침밥도 먹지 못하고 허겁지겁 논둑길을 걸어 버스 정류장에 도착한 후, 한참 기다려 부평역 가는 버스를 타고 부평역에서 내려 다시 전철을 타고 노량진역에서 하차, 거기서 다시 반포로 가는 버스를 타야 했다.

집에서 떠나 거의 3시간 걸려 미장원에 도착했다. 그러나 그러한 불편과 고통도 내 집을 마련하고 내 집에서 다닌다는 그 마음에서 그러한 불편과 고통도 그런 마음속에 묻힐 수 있었다.

몇 개월이 지난 후, 처음에 불편과 고통을 호소하던 아내는 그러한 불편과 고통에 차차 적응되어 가는지 별로 말이 없었다. 오히려 도시 생활에서 새벽에 논둑길을 걸어가며 시원한 공기를 마실 수 있다는 것이 다행한 일이라고 했다.

전철 속에서 신문이나 책을 볼 수 있다는 것도 서울에 있었을 때는 가질 수 없었던 또 하나의 보람된 일이라고 했다. 노량진역에 내리면 가슴이 답답하고 공기가 탁한 것을 느끼게 되는데, 퇴근 후 집에 도착하면 가슴이 탁 트이는 게 공기가 그렇게 시원할 수가 없다고 했다.

그러면서 아내는 출퇴근 때의 교통의 불편도 잊어 가는 듯, 부평 아파트 생활에 점점 적응해 갔다. 나도 오랜만에 서울에 가 보면 서울에 살 때는 몰랐는데 서울 생활이 답답하고 숨이 막히는 듯했다. 전원생활 같은 이곳 아파트의 생활이 좋게 느껴졌다.

처음에는 못 살 데 같던 아파트가 세월이 흐르면서 서울 생활에 대한 집착에서 점점 멀어지면서, 서울 생활에서 느끼지 못했던 긍정적이고 좋은 점들이 보였다. 그리고 생각과 마음을 달리 가지게 되면서 점점 적응되어 나갔다.

또 다른 적응에 대한 예를 들어보자.

나는 이 책을 쓰기 위해 부평 아파트에서 멀지 않은 도서관에 나갔다. 처음에는 좋은 자리에 앉아야만 마음이 안정되고 글이 잘 쓰였으나, 나중에는 문 앞의 좋지 않은 자리에 앉아서도 마음이 안정되고 글도 잘 써졌다. 그것은 내가 문 앞의 좋지 않은 자리를 일부러 찾아 거기에 적응하는 훈련을 해 나갔기 때문이었다.

처음에는 거부감이 일어나고 바늘방석 같던 자리가 기어이 인내하고 견디면서 이겨 나갔던 결과, 나중에는 그 자리에 적응하게 되어 아무렇지 않게 되었다.

좀이 쑤시고 마음이 불안하고 안절부절못하며 그 자리를 뜨고 싶은 생각이 굴뚝같았으나, 그러한 마음과 기분에 이끌리지 않고 그것들을 눌러 이기면서 기어이 그 자리에 적응하는 적응 훈련을 해 나갔다.

물론 처음에는 글이 되지 않아 글을 쓰는 것을 포기하고 다만 그 자리에 적응하는 훈련만을 해 나갔다. 아무리 문 앞이 시끄럽고 당장 일어나고 싶은 마음과 기분이 일어나도 꾹 눌러 이기고, 그 마음과 기분에 흔들리지 않고, 그 마음과 기분을 정복하는 훈련을 해 나갔다. 그렇게 며칠을 해 나가고 또 며칠을 해 나가자 차차 마음이 안정되면서 마음과 기분의 거부감이 없어져 갔다. 그러면서 그 자리에 적응되어 나갔다.

결국 내가 마음과 기분에 좌우되지 않고, 그것들을 기어이 눌러 정복했고 그래서 그것들이 고스란히 내 말을 듣게 되었다.

이렇게 내가 마음과 기분을 다스리는 주인이 되면 적응도 내 뜻대로 되는 것이다. 그래서 나는 그 자리에 앉아 차분히 글을 쓰게 되었다. 여름에는 문 앞이 시원해서 오히려 그 자리가 좋았다.

이렇듯 적응이라는 문제는 자신이 만들어 나가는 것이며, 적응되어 나가게 되어 있는 것이 또한 인간의 본성이다. 그런데 그것을 모르고 완전한 것만 찾고, 좋은 것만 찾는 그 완전욕의 집착에 이끌려, 그런 것에만 적응하려는 그 마음과 기분에 이끌려 방황하다 보면 결국 아무 데도 적응하지 못하게 된다.

그리하여 인생을 비관하고 세상을 원망하게 된다. 그래서 마음의 병 환자가 되어, 이 세상에 적응하지 못하는 낙오자가 되어, 염세가가 되어 인생의 그늘에서 남이 몰라주는 그 불행한 생활을 해 나가고 있다.

이처럼 그 완전욕에 대한 집착과 마음과 기분에 이끌려 놀아나다 보면 인생이 거덜 나게 된다. 그것들을 싸워 정복하고 내가 주인이 되어 그것들을 다스릴 때, 나는 인생에 있어서 승리자이며 건강한 사람이 되어 밝고 적극적인 삶을 살아가게 된다.

인내

　나는 이러한 사실들을 알고 하나하나 실천해 나가는 데에 힘을
집중했다. 그리고 그 실천 훈련들을 해 나가는 과정에서 다시 다
음 사실들을 알게 되었다.

　제반 증세의 정복을 위해, 즉 완전욕에서 벗어나고, 집착에서
벗어나고, 불안 · 공포 속에서 싸워 이기고, 마음과 기분을 정복
하며 적응 훈련을 해 나가는 데는, 플러스 세계로의 전환에도,
그 무엇에 있어서도 인내(忍耐)라는 것이 얼마나 중요한가를 말
이다.

　인내야말로 우리 인생사에 있어서 그 모든 것을 정복하는 궁극
적인 무기라는 것을 알게 되었다. 아무리 신경질이 나고, 아무리
화가 나고, 아무리 분노가 치밀어도 그것을 기어이 참고 이겨야
한다. 왜냐하면 그것들을 참지 못하고 폭발하면 증세들이 더욱
악화 · 심화되어 더욱 악습관으로 굳어지기 때문이다.

　그러므로 이와 같은 신경질도, 화도, 분노도 집착에서 벗어나

지 못하는 데에서 오는 현상이므로, 그 집착을 떼야 하는데 여기에 강인한 인내의 힘이 필요했다. 아무리 증세들에 시달리고 고통스러워도 참아 내고, 정상적인 생활, 하던 일을 계속해 나가야 하는데 여기에 필요한 것도 오직 인내의 힘이었다.

실은 나에게 있어서 가장 부족했던 것은 웬만한 불편도, 고통도 참아 낼 수 있는 인내의 힘이 없었다. 이것은 어릴 적부터 조그마한, 웬만한 것을 참지 못했던 그런 생활 습성이 성장해 참을성이 없는 그런 인간으로 되었다.

지금까지 살아오는 데 있어서 마음과 기분에 이끌려 살아왔던 것도, 충동적·낭비적 생활을 했던 것도, 조그마한 유혹도 이기지 못하고 생활을 했던 것도, 줏대 없이 갈팡질팡 생활했던 것도, 결국 인내의 생활이 없었기 때문이었다. 그래서 그런 생활들로 인해 더욱더 증세들과 고통을 깊게 했다.

눈앞에 보이는 조그마한 것들을 인내하지 못하고, 그것을 얻으려다가 결국 모두를 다 잃어버리고 말았다. 이것은 인내하지 못한 데 대한 자업자득이었다.

진정 얻으려면, 진정 더 큰 것을 얻으려면 당장 눈앞의 것에 연연하지 말고, 참고 인내하는 인내의 생활을 해야 했다. 나는 너무 조급하게 얻으려다가 아무것도 얻지 못하고 결국 모든 것을 잃어버리고 말았다. 진정 얻으려면 인내해야 했던 것이고, 인내를 생활신조로 삼으면서 살아갔어야 했다.

불행하게도 나는 인내에 대해 가정으로부터, 학교로부터, 사회로부터 교육을 받지 못한 탓으로 어릴 적부터 충동적·감정적 처사로 일관해 오는 생활을 해 왔다.

그도 그럴 것이 아버지는 인내와는 거리가 먼 충동적·감정적 생활을 해 오셨고, 그 아버지 밑에서 자랐던 나나 동생들은 그 아버지로 인해 더욱더 인내의 생활과는 먼 충동적이고, 감정적이고, 저항적인 생활로 일관해 왔다.

인내의 생활을 전혀 배우지 못했기 때문에 그것이 나에게 정서적 세계와 인격적 세계에 결정적인 마이너스가 되었고, 그로 인해 지금의 증세들을 얻게 된 또 하나의 커다란 원인이 되었다. 그리고 동생들은 그것이 밖으로 발산되어 방황하는 불행한 생활을 해 왔다. 이처럼 인내에 있어서 어릴 적의 가정 교육과 학교 교육 그리고 사회 교육이 성장한 후의 인격과 정신 건강에 결정적인 영향을 미치게 된다. 그리고 어릴 적 성교육에 있어서도 가정 교육과 학교 교육 그리고 사회 교육이 정신 건강을 위해 얼마나 중요한가를 나의 경험을 통해 절실히 느끼게 되었다.

인내의 교육은 절대 필요한 것으로서, 인생에 있어서 성패(成敗)의 좌우는 어릴 적의 인내의 교육에 달려 있다고 해도 지나친 말이 아니다. 결국 나는 어릴 적 인내의 교육을 받지 못해 인격 형성에 결정적인 흠을 가져왔고, 그로 인해 지금의 증세들을 얻게 된 또 하나의 원인이 되었다.

지금에 와서 결국 모든 증세를 퇴치하는 데도 역시 인내의 힘이 절대 필요하다는 것을 알게 되었다. 인내의 결핍으로 모든 증세를 얻었으며, 또한 인내의 힘으로써 그 모든 증세를 퇴치해야 하는 그러한 인내의 진리를 알게 되었다.

또한 인내라는 것은 모든 것을 해결하고 치료하는 명약이라는 것을 알게 되었다. 산다는 것은, 인생 생활이란 바로 이 인내의 생활이며, 인생이란 결국 인내로 시작해서 인내로 끝난다는 것도 알게 되었다.

고정 관념

고정 관념(固定觀念)에 관하여 알아보자. 중요한 것은 고정 관념에서 벗어나는 일이다. 그리고 고정 관념에서 벗어나는 훈련을 해야 한다는 것이다. 이 고정 관념에서 벗어나는 훈련은 병적인 관념 등으로 굳어 있는 머릿속을 풀기 위한 훈련이기도 하다. 고정 관념에서 벗어남으로써 머리의 굳음이 풀어지면서 머리의 회전이 원활하게 되고, 그로 인해 굳어 있는 심신(心身)이 또한 풀어지면서 건강을 찾게 된다.

따지고 보면 이 고정 관념에서 벗어난다는 것은 결국은 집착에서 벗어나고, 완전욕에서 벗어나고, 강박증에서 벗어나는 길이다. 그리고 궁극적으로 그 어떠한 기존 관념이나 고정 관념에서 벗어나고 어떠한 관념에도 예속되지 않고 자유로워질 때, 심신에 이완이 오고 안정이 오게 된다.

고정 관념은 맺힘과 굳음을 가져온다. 그래서 그러한 맺힘과 굳음으로 인해 제반 증세와 고통이 오게 된다.

그러므로 이러한 기존 관념과 고정 관념에서 벗어나야 하며, 또한 종교나 전통·인습 등 모든 관념의 노예에서 해방되어야 한다. 그리고 그것들에서 풀려나는 훈련을 해 나가야 한다. 조그마한 고정 관념에서, 마음의 맺힘에서 풀어지는 훈련부터 하나하나 해 나가면서 궁극에는 모든 고정 관념을 깨는 훈련을 해 나가야 한다.

고정 관념은 우리의 심신을 굳게 하고, 묶고, 정체(停滯)되게 한다. 그리하여 마음의 병과 육체의 병의 원인을 만들고, 모든 말썽의 씨앗이 되고 있다. 또한 모든 분쟁의 씨앗이 되며, 우리의 건강과 삶과 우리 인생의 커다란 적이라는 사실을 잊어서는 안 된다.

고정 관념에서 벗어나는 예를 들어 보자.

장판에 여기저기 구멍이 뚫리고 가장자리가 조금씩 썩어 보기가 싫었다. 나는 고민하다 그 뚫어진 구멍에 종이를 바르고 종이 바른 곳과 썩은 곳을 가리려고 물감을 칠했다. 그러나 아무리 장판 색깔을 맞추려고 해도 장판 색깔이 나오지 않았다.

갈색, 노란색, 연두색들이 여기저기 생겼다. 나는 통일되지 않은 그 색깔이, 얼룩덜룩한 장판이 영 마음에 걸려 울화가 치밀고 그 완전욕에서 벗어나지 못해 씩씩대고 있었다. 그러나 다음 순간 그것들이 장판 전체와 어떤 조화를 이루면서 하나의 무늬처럼 내 눈에 들어왔다. 단색의 노란 천에 여기저기 무늬가 놓인 것처럼, 그런 배합의 균형을 보는 것 같았다.

'그렇다! 바로 이거다!'

장판 색깔은 그 노란 색깔로 통일되어야 한다는 그 고정 관념에서 벗어나고, 생각을 바꾸고, 다른 눈으로 쳐다보니 다른 차원의 조화와 미(美)가 형성되면서, 다른 가치관의 세계가 나타났다. 그리고 그 세계를 기쁜 마음으로 쳐다보고 있는 나를 발견하게 되었다.

이렇듯 생각을 바꾸고, 고정 관념에서 벗어나 모든 것을 보면 다른 차원의 세계가 보이며, 다른 가치관의 세계가 나타난다. 그리고 그 다른 세계에 또 적응하게 되는 자신을 발견하게 된다.

또 예를 들어 보자. 화분들에 넣을 자갈이 필요해서 자갈 파는 곳으로 갔다. 여러 종류의 자갈이 포대에 담겨 있었다. 포대까지는 필요하지 않았다. 그래서 주인아주머니에게 포대 말고 살 수 있느냐고 물었다.

주인아주머니는 여기저기 둘러보더니 바닥에 놓여 풀려 있는 자갈 포대들을 가리키며 거기서 골라 가져가라고 했다. 포대들 속의 자갈을 본 다음 자갈 포대 하나를 골랐다. 그리고 안에 들어있는 자갈을 쏟아 내고 마음에 드는 자갈을 고르기 위해, 바닥에 앉으려고 했다. 땅바닥이어서 앉을 깔개가 필요했다.

옆을 보니 플라스틱 화분들이 놓여 있었다. 플라스틱 화분이니 깨지지 않을 것이라 생각하고 하나를 집어 엎어 놓고 위에 앉았다. 포대 속에서 자갈을 땅바닥에 쏟아 내고 마음에 드는 자갈들을 골랐다. 반 포대가 넘게 되었다. 다 고른 후에 주인아주머니에게서 빈 포대 자루를 얻어 그 속에 넣고 계산을 했다.

주인아주머니는 저울에 단 후 얼마라고 했다. 계산하고 가려는데 주인아주머니가 나를 불러 세웠다. 깔고 앉았던 플라스틱 화분 윗부분을 보이며 자국이 나 팔 수 없으니 변상하라는 것이었다.

엎어 놓고 깔고 앉았으니 깔렸었던 윗부분이 땅바닥에 눌려 몇 군데가 조금씩 파이면서 흠이 생겼다. 이 정도면 팔 수 있지 않으냐고 이야기했으나 상품으로서는 팔 수 없으니 변상하라는 것이었다. 하는 수 없이 변상했는데 그 금액이 자갈 금액과 거의 비슷했다.

나는 속으로 몹시 울화가 치밀었다. 자갈과 그 깔고 앉았던 화분을 배낭 속에 집어넣고 버스를 타고 오면서도 속이 뒤틀리면서 화가 풀리지 않았다.

그런데 다음 순간 이런 생각이 머리에 떠올랐다.

'아니야! 생각을 바꾸자. 그 자갈 가격이 얼마인지 나는 모른다. 주인아주머니가 자갈값과 화분값을 합친 값보다 비싸게 이야기했더라도 나는 그 자갈값을 지불했을 것이다. 그래, 화분까

지 합한 값으로 자갈을 샀다고 생각하자.'

여기에 생각이 미치자 뒤틀렸던 마음이 풀리면서 화가 가라앉기 시작했다. 그리고 편안한 마음으로 집으로 돌아오는 나를 보게 되었다. 이렇게 생각을 바꾸니 마음이 바뀌고 감정이 바뀌어 평상심으로 돌아오게 되었다.

물이 고이면 썩듯이, 관념도 고이면 썩는다. 그러므로 관념도 고이지 않고 흐르게 해야 한다. 고이면 썩고 병이 된다. 그 고이고 썩은 관념이 신경증ㆍ심신증 병적 관념이다. 그러므로 맑은 관념을 흐르게 해, 그 신경증ㆍ심신증 병적 관념을 정화해야 한다.

대인 관계

대인 관계(對人關係)에서의 문제점을 발견하게 되었다. 이 대인 관계의 문제점도 결국 완전욕에 대한 집착성 문제점이었다. 남들은 아무렇지 않게 생각하는 그런 것들을, 그 자리를 뜨면 금방 잊어버리고 마는 그런 것들을 나는 문제시하고, 생각하고, 또 씹으면서 나름대로 판단의 날개를 펴, 자꾸만 부정적인 쪽으로만 몰고 갔다.

그래서 아무것도 아닌 그런 것들이 확대되어 문제시되면서 그런 것들로 인해 그 상대방을 미워하게 되고, 감정이 생기면서 대인 관계가 원만하게 이루어지지 못했다.

그러한 것들을, 남들은 아무렇지 않게 흘려보낸다는 것을 잘 알면서도, 또 그러지 말아야겠다는 것을 잘 알면서도, 생각하고 또 생각하고, 씹고 또 씹었던 것은 결국 매사에 완전욕에 대한 그 집착이 만드는 현상이었다.

사람을 한번 사귀고 그 사람이 마음에 들면 죽자 살자 처음에는 그 사람에게 확 쏠리며 빠지다가도 그런 사소한 것들이 문제가 되고 그것이 확대되어, 결국 처음의 그 마음은 사라지고 미움의 감정이 생기면서 멀어져 가고 말았다. 어떤 경우는 도저히 상대하지 못할 나쁜 놈으로 낙인을 찍고, 원수처럼 그 사람을 대하기도 했다.

이와 같은 결과도 결국 완전욕과 그 집착에서 유래된다는 것을 알게 되었다. 사소한 상대방의 농담을, 언행을 문제시하는, 그래서 거기서 벗어나지 못하고, 상대방의 어떤 잘못이나 결점을 인정하지 않으려는 완전욕에 대한 그 집착에서 그와 같은 결과들이 초래된다는 것을 알게 되었다.

자신은 모순투성이고, 결함투성이면서도 그러한 자신을 보지 못하고, 상대방만이, 사람들이 완전하기만을 바라는 그 완전욕에서 이와 같은 대인 관계의 문제점들이 나타났다. 그래서 대인 관계가 원만하지 못했다. 돌아서면 그 사람의 험담을 하고, 사람을 사귀어도 오래가지 못하고, 사귈 때는 그렇게 좋다가도 곧 멀어지고, 원수처럼 헤어지고 마는 그런 경우가 생기곤 했다.

사람들을 사귈 때 너무 상대방을 따지고 사귀다 보니 대인 관계의 폭이 좁았고, 따라서 여러 층의 사람을 사귀지 못하고 자신의 주관(主觀) 안에 있는 사람들만 사귀다가 결국 완전하지 못한 그들과 곧 결별하곤 했다.

그래서 사람들을 나무라며 자기 혼자 계속 무덤을 파고 있었다. 자기 자신의 잘못이나 자기 자신의 착오에서 출발하여, 그 잘못과 착오의 방향에서 벗어나지 못하고, 그 방향에서, 그 속에서 생각하고 판단하니 계속 그와 같은 결과들이 나타날 수밖에 없었다.

마음의 검은 창(窓)을 통해 보이는 세상이 모두 검다고 푸념하고 독백만 할 줄 알았지, 그 검은 창을 닦아 내고 세상을 볼 줄 모르는 그런 우를 범하고 있었다. 그리고 그 검은 창을 통해 세상을 보고 있는 자신이 옳다고 계속 우겨대는 그런 우를 범하고 있었다.

창문을 조금만 열고는 그 틈을 통해 보이는 바깥세상이 이러니저러니 말할 줄만 알았지, 창문을 활짝 열고 바깥세상 전체를 볼 줄을 몰랐다. 그리고 계속 그 틈을 통해 보이는 것만 우겨대고, 또 그것을 통해 본 바깥세상이 옳다고만 우겨대는 그런 고집불통의 우를 범하고 있었다.

어떻게 나의 주관에 있는 몇몇 사람만을 사귀고는 이 세상 사람 전체를 판단할 수 있으며, 또 어떻게 세상을 판단할 수 있는가 말이다.

네가 가진 지식이 얼마이며, 네가 아는 것이 얼마인가. 도대체 너라는 놈은 자신을 얼마나 아는가. 네 능력은 얼마이며, 네가 무얼 아는가. 그러한 너의 눈을 통해 본 세상을, 세상 사람들을 네 멋대로 판단하고, 욕하고, 비난해도 된단 말인가.

너라는 놈이 존재하는 것도, 너라는 놈이 오늘 사는 것도 네가 욕하고 비난하고 원망하는 그 남들 때문에, 그 사람들 때문에 네가 존재하고, 사는 것이 아닌가. 도대체 너라는 놈은 그 남들을, 그 사람들을 위해 무엇을 했는가. 단지 욕하고 비난하고 원망할 줄만 알았지, 그들을 위해 한 것이 무엇이 있는가.

단지 너 자신의 문제만을 생각했고, 너 자신의 문제 속에서 빠져나오지 못하고, 그 속에서 남들을, 세상 사람들을 욕하고, 비난하고, 원망한 것 외에는 도대체 무엇이 있는가. 말로만, 입으로만 나불댔지, 행동으로 한 것이 무엇이 있는가.

말로만, 입으로만 남을 위하고, 사회를 위했지, 도대체 한 것이 무엇이 있는가. 주머니에 돈만 들어오면, 자신의 여건이 좋아지면 너 자신을 위해 탕진할 줄 알았지, 도대체 남들을 위해, 이 사회를 위해 무엇을 했단 말인가. 너라는 놈의 머릿속에는 도대체 무엇이 들었는가. 진정 너는 너 자신을 아는가. 알면 얼마나 아는가.

철두철미 너 자신을 분석하고, 너 자신을 아는 일부터 시작하라. 그리고 세상을, 세상 사람들을 보아라. 모순투성이고 오기와 아집과 독선과 질투와 시기 덩어리인 너 자신을 똑똑히 본 후에 세상을, 세상 사람들을 보아라. 진정 반성하고 진정 너 자신을 보아야 한다. 그리고 새롭게 출발해야 한다. 그리고 사람을 사귀어야 한다.

너의 그와 같은 마음의 창을 통해 보고, 다름(다르다)을 인정하지 않고, 네 틀 속에 집어넣으려는 그 생각을 가지고 대인 관계에 나섰고, 사람들을 사귀었으니, 그리고 그 사람들이 네 틀 속에 들어오지 않는다고 그들을 욕하고 비난했으니, 과연 누가 옳고 누가 그른가. 누가 정상이고 누가 비정상인가.

다름을 인정해야 한다. 그것이 평범과 균형의 길이며, 안정과 정상(正常)의 길이고, 평범·보통 인간의 길이다. 그리고 그것이 또한 마음의 병, 즉 신경증·심신증에서 벗어나는 길이 된다.

어쩌면 삶이란 다름을 극복해 나가는 과정인지도 모른다.

평범과 보통

내 마음의 검은 창을 깨끗이 닦아 내고, 내 틀을 깨고, 나를 똑똑히 알고 이제부터 사람들을 사귀어야 하겠다. 몇몇 사람들, 몇몇 마음에 드는 사람들만 사귈 것이 아니라, 폭넓은 대인 관계를 해야 하겠다. 대인 관계에 있어서 대인 관계를 방해하는 완전욕과 그 집착을 부수는 작업을 함께 해 나가야 하겠다.

인간이란 어느 한 곳이 좋으면 다른 곳이 모자라게 되어 있다. 머리가 좋은 놈은 인품의 어딘가 부족한 데가 나타나는 것이고, 인품이 좋으면 또 어딘가 모자라는 데가 있다.

천재는 천재대로 인간의 어딘가 인품의 어딘가 모자라는 데가 있는 것이고, 바보는 바보대로 인간의 어딘가 좋은 데가 있다.

평범한, 균형 잡힌 그릇이 안정이며 정상이다. 한쪽이 치우쳐 올라가 있는, 균형 잡히지 않은 그릇은 불안정이며 비정상이다. 인간도 한쪽이 치우쳐 올라가 있는, 균형 잡히지 않은 인간들이 있다. 위의 인간들이 그러한 인간들이다.

인간도 평범한 인간, 보통 인간이 균형 잡힌 인간이며, 안정된 인간이고, 정상적인 인간이다. 그래서 평범한 인간, 보통 인간의 평범한 생활의 진리가 나온다.

역사를 살펴봐도 영원한 권력이나, 영원한 정상(頂上)이나, 영원한 부(富)도 없었다. 반드시 평범으로, 균형으로 돌아갔다. 그것이 안정이며 정상(正常)이다. 그것이 문제의 해결이다.

과거 미소 간의 군축 회담을 보아도 그렇다. 다시 끌어내리는, 평범으로, 균형으로 오는 작업을 하고 있지 않았던가. 또 국가 간에 하고 있지 않은가. 그것이 안정이며 정상이다. 우리 인류도 언젠가는 다시 평범으로, 균형으로, 안정과 정상으로 돌아오는 작업을 할 때가 반드시 오고야 말 것이다. 그것이 사는 길이기 때문이다.

인간은 물론, 자연의 모든 것은 평범과 균형과 안정 속에서 숨 쉬며 생동하며 존재한다. 또한 정신적 세계와 육체적 세계에 있어서도 이 평범과 균형의 질서(힘)에 의해서만이 건강을 유지하고, 그 모든 증세로부터 해방될 수 있다.

평범한 인간 · 보통 인간이 되지 않으려는 데에서, 평범과 균형의 질서(힘)를 깨고 나가려는 데에서 자연 질서와 이치의 이탈이 오면서, 그 제반 증세가 온다. 그러므로 자연의 질서이고 이

치인 평범한 인간·보통 인간으로 돌아와야만 그 제반 증세가
사라지고 만다. 다시 말해서 자연의 질서 속에 들어올 때만이,
자연의 무질서에서 오는 증세들이 사라진다는 말이 된다.

강박 증세들

나에게 수많은 강박 증세들이 있었지만, 앞에서 열거한 강박 증세들과 더불어 가장 심했던 강박 증세들은 다음과 같은 증세들이 있었다.

어떤 기억이 떠오르지 않으면 나는 그 기억이 떠오를 때까지 손에 일이 잡히지 않고 아무것도 할 수 없었다. 어떤 배우의 이름을 기억하려다가 그 배우의 이름이 기억나지 않으면 그 배우의 이름이 생각날 때까지, 그 배우의 이름을 기억해 내야 한다는 집착에 물려, 다른 생각을 할 수가 없었으며, 다른 일도 할 수가 없었다.

그까짓 당장 필요하지 않은 배우 이름이 떠오르지 않으면 어떤가. 나중에 알 수도 있고, 또 알지 않아도 되는 것을.

어쨌든 무엇이거나 그 기억들이 떠오르지 않으면, 그 기억이 떠오를 때까지 다른 생각이나 일을 할 수가 없었다. 기어이 그 기억이 떠올라야만 다른 생각이나 일을 할 수가 있었다. 어떤 때는 이

틀 사흘씩 그 기억을 떠올리려는 집착에 물려 있을 때도 있었다.

이러한 사고 강박증도 완전욕과 그 집착이 만든 악습관(강박)이므로 그 악습관을 끊는 훈련을 해야 하며, 또한 제반 완전욕과 집착에서 벗어나는 훈련을 통해 없어질 것이다. 그리고 평범·균형의 질서(힘)로 돌아오는 과정을 통해 자연히 치유될 것이다.

무엇이든지 손에 움켜잡고 놓을 줄을 모르고 누구에게 줄 줄도 몰랐다. 한번 손에 들어온 것은, 한번 내 소유가 된 것은 놓을 줄을 모르고 움켜잡고 자꾸만 모을 줄만 알았다.

직장 생활 할 때에도 다른 직원이 쓰다 놓고 간 볼펜 등을 서랍 속에 자꾸만 집어넣기만 해 내 서랍 속에는 볼펜들이 하나 가득 있었다. 옆의 직원이 볼펜이 없어도 꺼내 줄 줄 모르고, 꺼내 줬다 하더라도 반드시 그 볼펜을 다시 찾아내 서랍 속에 집어넣어야만 마음이 놓였다.

필요한 볼펜 몇 개만 있으면 되는데도, 그 많은 볼펜이 필요 없으면서도, 어쩐지 그것들을 움켜잡고 놓을 줄 몰랐다. 그중에 하나라도 없어지면 마음이 불안하고 꼭 뭔가 중요한 것을 잃어버린 것 같아 기어이 그 볼펜을 찾아내 서랍 속에 집어넣어야만 직성이 풀리고 안심이 되었다. 볼펜뿐이 아니고 기안 용지나 다른 사무용품도 마찬가지였고, 같은 책도 한 권이면 될 터인데도 몇 권씩이나 서랍 속에 들어 있었다.

십수 년씩이나 된 맞지 않는 양복도, 입지 않는 헌 옷도, 남에게 주거나 버릴 줄을 모르고 옷장 속에 그대로 모셔 놓아야 했고, 신지 않는 양말도 버리기가 아까워 옷장 서랍 속에 잔뜩 쑤셔 넣고 있었다. 필요 없는 그릇이나 물건도 버릴 줄을 모르고 집 안 이 구석 저 구석에 깊이 보관하고 있었다. 밥이나 반찬이나, 무슨 음식이든 아무리 조금 남은 것이라도, 실은 버려도 될 것을 반드시 남겨 놓았다가 다시 먹어야만 했다.

이래서 이런 것들로 인해서 아내와 싸움을 많이 했고, 애꿎은 아내만 당해야만 했다. 그러나 이상하게도 주머니에 돈만 들어오면 붙어 있을 줄 모르고 즉시 낭비하고 탕진해 버리고 말았다. 이렇게 이율배반적인, 자가당착에 빠진 짓을 하고 있었다.

이러한 저장 강박증도 완전욕과 그 집착이 만든 악습관(강박)이므로 그 악습관을 끊는 훈련을 해야 하며, 또한 제반 완전욕과 집착에서 벗어나는 훈련을 통해 없어질 것이다. 그리고 평범·균형의 질서(힘)로 돌아오는 과정을 통해 자연히 치유될 것이다.

걱정, 걱정, 매사 걱정하는 걱정 강박증도 있었다. 아파트의 계단이 좀 더러워도 걱정, 아파트 어느 집 창문이 좀 지저분하면 그것이 걱정, 아파트 담에 조금만 금이 가도 그것이 걱정, 경비원이 제대로 초소에 근무하지 않으면 그것이 걱정, 길이 언제 뚫릴까 하는 걱정, 매사 걱정이었다.

옆집 문이 제대로 닫히지 않으면 그것이 걱정되어, 그 집에서는 신경 쓰지 않고 그대로 지내는데, 내가 그걸 보고 참지 못해 연장을 들고 찾아가 직접 고쳐주고는 그 집 사람들을 되게 나무랐다. 그리고 속으로 '제집 문짝 하나 고치지 않는 새끼들, 개새끼들!' 하고 욕했다.

이런 일로 아파트 사람들과 노상 싸움질을 했다. 구청에, 시청에 가서 길이 언제 되느냐고 따졌고, 왜 빨리 되지 않느냐고 싸웠다.

이러한 걱정 강박증도 완전욕과 그 집착이 만든 악습관(강박)이므로 그 악습관을 끊는 훈련을 해야 하며, 또한 제반 완전욕과 집착에서 벗어나는 훈련을 통해 없어질 것이다. 그리고 평범·균형의 질서(힘)로 돌아오는 과정을 통해 자연히 치유될 것이다.

무엇이든지 반드시 찾아야만 했다. 사용했던 컵이 보이지 않으면, 보이는 아무 컵이나 사용하면 되는데, 꼭 그 컵이 있어야만 했고, 그래서 그 컵을 온 집 안을 다 뒤져 반드시 찾아내 그 컵을 사용해야만 했다.

컵뿐만이 아니었다. 입던 바지도 안 보이면, 다른 바지도 많은데, 반드시 그 바지를 찾아야만 했고, 넥타이도, 양말도 마찬가지였다. 볼펜도 제자리에 놓았던 그 볼펜을 써야 하는데, 그 볼펜이 보이지 않으면 다른 볼펜을 쓰면 될 터인데도 제자리에 놓았던 그 볼펜을 반드시 찾아야만 했다.

결국 찾지 못하면 다른 볼펜을 쓰게 되는데, 나중에 다시 그 볼펜을 찾다가 그래도 못 찾으면 그것을 포기하는데 2~3일씩이나 걸렸다. 테이블 위에 쓰려고 놓았던 못이 안 보이면 다른 못을 갖다 쓰면 되는데, 보이지 않는 못을 기어이 찾아야만 했다. 매사가 이런 식이었다.

이러한 찾기 강박증도 완전욕과 그 집착이 만든 악습관(강박)이므로 그 악습관을 끊는 훈련을 해야 하며, 또한 제반 완전욕과 집착에서 벗어나는 훈련을 통해 없어질 것이다. 그리고 평범·균형의 질서(힘)로 돌아오는 과정을 통해 자연히 치유될 것이다.

무엇이든지 반듯이 정돈되어 있어야 했다. 식탁 위에 밥그릇과 반찬 그릇이 사각형 형태로 배열되어야 했고, 숟가락과 젓가락도 일직선으로 반듯하게 놓여 있어야 했으며, 사용 후에도 일직선으로 반듯하게 놓아야 했다.

수세미도 쓴 후에 반듯하게 놓아야 했고, 행주도 쓴 후에 반듯하게 접어서 놓아야 했으며, 걸레도 반듯하게 접어 놓아야 했다. 책상 위 모든 서류나 필기구 등도 반듯하게 비뚤어짐이 없이 놓여 있어야 했다.

화장실의 수건도 반듯하게 걸려 있어야 했으며, 요나 이불도 네모반듯하게 깔고 덮어야 했다. 신문지도 반듯하게 접어놓아야 했고, 벽시계나 사진틀 등 벽에 거는 것은 자로 벽에 줄을 그어 반듯하게 걸어 놓아야만 했다. 집안의 모든 물건이 이런 식으로 정돈되어 있어야 했다.

이러한 정돈 강박증도 완전욕과 그 집착이 만든 악습관(강박)이므로 그 악습관을 끊는 훈련을 해야 하며, 또한 제반 완전욕과 집착에서 벗어나는 훈련을 통해 없어질 것이다. 그리고 평범·균형의 질서(힘)로 돌아오는 과정을 통해 자연히 치유될 것이다.

길을 가다가 바지 지퍼가 내려가지 않았나 걱정이 되어 확인하곤 했다. 한 번 확인해 보았으면 되는데 확인하고 또 확인해야만 했다. 문이 잠겼는데도 잠그지 않았나 걱정이 되어, 가서 확인하고 또 확인하고, 잠자다 일어나 또 가서 확인해 보았다. 전기담요를 분명히 껐는데도 또 확인하고, 또 확인했다. 물론 확인할 것은 확인해야겠지만, 이건 너무 지나쳐서 병이었다.

이러한 확인 강박증도 완전욕과 그 집착이 만든 악습관(강박)이므로 그 악습관을 끊는 훈련을 해야 하며, 또한 제반 완전욕과 집착에서 벗어나는 훈련을 통해 없어질 것이다. 그리고 평범·균형의 질서(힘)로 돌아오는 과정을 통해 자연히 치유될 것이다.

조급하고 화급한 마음

　조급하고 화급한 마음이 문제였다. 몹시 급하고, 모닥불처럼 확 일어나는 그 성질이 모든 말썽의 근원이 되었다. 뭐든지 생각만 나면 당장 해치워야 하고, 2~3일 또는 며칠씩 기다려야 한다는 것은 정말 곤혹스러운 일이었다.

　그러한 시간을 훌쩍 뛰어넘어 당장 와야만 하는 그런 조급함에 빠져 속을 태우곤 했다. 별것도 아닌 것들을 가지고 그랬다.

　며칠 후에 친구들과 등산을 가기로 약속했다면 그날이 오고 가면 되는데, 그때까지 참는다는 것은 여간 고역이 아니었다. 당장 내일 떠나야만 할 것 같은 그런 심정에서 안달을 부리고 설치곤 했다.

　어린 시절에 소풍 갈 때의 그 심정이 그대로 남아 있었다. 그러나 어린 시절에는 손꼽아 그날을 기다리기나 했지, 지금은 기다린다는 것은 고역이었고, 당장 내일 떠나야만 하는 그런 조급함에 속을 끓였다. 도무지 참는다는 것은 괴로운 일이요, 고역이었다. 그까짓 등산쯤 안 가면 어떤가. 남들은 약속하고도 안 가는 것이 예사인데.

그러나 나에게는 그것이 그렇지 않고 큰 기대요, 조급함이었다. 그런 약속을 하고 이행하지 않는다는 것은 생각할 수가 없었다. 아무리 하찮은 약속이라도 반드시 지켜야만 했고, 그 약속을 지키지 않는다는 것은 있을 수 없는 일이었다.

약속 시간을 어기는 일도 있을 수 없었다. 약속과 약속 시간, 그것은 나에게 있어서는 철두철미 지켜져야만 하는 불문율과도 같은 것이었다.

이러한 약속이나 약속 시간을 대수롭지 않게 생각하고 어기는 사람들이 많음을 알고 실망했다. 아무튼 나는 어떤 약속을 하면, 아무리 하찮은 약속이라도 반드시 지켰다.

그러한 약속들을 약속한 날짜·시간까지 기다린다는 것은 곤혹스럽고 괴로운 일이었다. 그저 항상 조급하고 화급한 마음에 이끌려 있었다.

그러니까 속이 편안하지 못하고 늘 무엇에 쫓기는 듯 답답하고 불안하고 초조했다. 그래서 사람들과 말하다가도 금방 흥분하고 핏대를 올리기가 일쑤였고, 싸우기가 일쑤였다. 아무것도 아닌 것을 가지고 열을 내고 혈압을 올리며 싸움질을 했다. 목청은 항상 높았고 일반적인 대화도 꼭 싸우는 것 같았다. 그러니까 대인 관계가 원만히 이루어질 수가 없었다.

무슨 계획을 세워 차분히 할 줄도 모르고, 매사가 순서가 없었다. 이걸 하다 말고 저걸 하고, 저걸 하다 말고 또 다른 것을 하고, 그저 조급한 마음에 이끌려 순서 없이 뒤죽박죽으로 해 나갔다.

방 청소하다 말고 설거지하고, 설거지하다 말고 냉장고 속의 그릇들을 정리하고, 도무지 뭐 하나를 끝내 놓고 순서 있게 하는 일이 없었다. 그저 급한 마음이 이끄는 대로였다. 아무리 그러지 말아야 하겠다고 하면서도, 아무리 참을성을 길러야겠다고 하면서도, 그것이 되지 않았다.

따라서 그 성질 때문에 마음이 죄어들어, 심리가 압축·응축되어 그로 인해 일어나는 고통이 따랐다.

이 조급하고 화급한 마음도 따지고 보면, 집착이 이끄는 대로 일어나는 현상이었고, 한쪽으로 쏠리는, 한쪽으로 몰리는 불균형 집착성 현상에서 기인했다. 그로 인해 일어나는 두통·고통도 집착성 두통이며, 고통이었다.

그러므로 이러한 조급하고 화급한 성질을 이겨 내고 마음을 펴는 작업을 해야 한다. 그 작업이란 결국 완전욕과 집착을 떼는 작업이며, 전반적 완전욕과 집착을 떼는 훈련의 병행 속에서 자연히 그런 성질도 고쳐지게 된다. 이 또한 평범과 균형을 위한 작업이 되고, 곧 그 작업은 마음의 안정, 마음의 정상(正常)의 작업이다.

충동 · 분노

군에서:

이 조급하고 화급한 마음은 때로는 충동과 분노로 이어져 사고를 일으켰다. 공군에서 신병 훈련을 받던 시절, 연병장에서 훈련을 마치고 쉬는 시간, 한 동기생과 무슨 일로 언쟁을 하다가 싸움이 벌어졌다.

조그마한 일 가지고 언쟁하다 싸움이 벌어졌는데, 양쪽이 주먹을 휘두르는 큰 싸움으로 번졌다. 나는 그 동기생의 입술을 강타해 앞니를 부러뜨렸다. 다른 동기생들이 나를 말리는 틈을 타 그 동기생은 피신해 버렸다.

곧 훈련을 맡았던 내무반장과 구대장이 나타났고, 전 구대원이 집합되었다. 나는 전 구대원이 보는 앞에서 내무반장한테 '빠따'를 수십 차례 맞고 쓰러졌다. 내무반 침상에 누워 몸을 가누지 못하면서 동기생들이 갖고 온 식사를 하면서 며칠을 보냈다. 다행히 영창에는 가지 않았다.

예하 부대에 배속되었을 때 내무반에서 큰 사고가 일어날 뻔했다. 고참병이 저녁이면 내무반에서 집합시키고 '빠따'를 쳤다. 그 당시는 구타가 묵인되던 시절이었다. 저녁마다 '빠따'를 맞지 않고는 불안해서 잠이 오지 않았다.

그때는 겨울이었는데 내무반에 디젤 난로를 피웠다. 난로 위에는 큰 주전자에 물이 담겨 끓고 있었다. 그날도 그 고참병에게 '빠따'를 맞고 자다가 밤중에 일어났다. 그리고 물이 끓고 있던 주전자를 들고 그 고참병 침대로 갔다. 그 고참병은 깊이 잠자고 있었다. 그 잠자고 있는 고참병 침대를 향해 주전자를 던졌다.

주전자는 침대 옆쪽에 맞으며 튕겨 바닥에 떨어지면서 뜨거운 물이 바닥에 흩어졌다. 그 고참병은 소스라치게 놀라 일어나 밖으로 뛰쳐나갔다. 나는 침대 받침목을 빼 들고 밖에 나간 그 고참병을 쫓아 나갔다. 도망가는 그 고참병을 기어이 쫓아가 받침목으로 머리를 향해 내려쳤다. 다행히 머리에 맞지 않고 팔 옆을 스치고 지나갔다.

그 고참병은 더 멀리 도망갔고 나는 분이 풀리면서 내무반으로 돌아왔다. 아침에 기상나팔 소리에 눈을 뜨니 그 고참병은 침대에 옷을 입은 채 앉아 있었다. 그날부터 내무반에서 구타가 사라졌다. 그 이후 전속되었던 다른 부대에서는 다행히도 고참병과 내무반 분위기가 좋아 군대 생활을 편하게 할 수 있었다.

제대 후 사회에서:

한번은 성남에서 서울로 급한 일이 있어 택시를 탄 적이 있었다. 그런데 택시 운전사가 라디오를 크게 틀어 놓고 택시를 몰았다. 소음 공포증이 있던 그 당시 나로서는 그 라디오 소리가 영 마음에 걸렸다. 그래서 운전사에게 라디오를 꺼달라고 말했다.

그러나 끄지 않고 조금 소리를 줄였다. 라디오를 완전히 꺼달라고 다시 말했다. 그래도 운전사는 라디오를 끄지 않고 그대로 갔다. 나는 욱하고 화가 치밀었다. 순간 운전사의 목을 감고 운전사의 머리를 사정없이 두들겨 팼다.

운전사는 머리를 두들겨 맞으면서도 핸들을 꽉 붙들고 운전해 가고 있었다. 택시는 좌우로 흔들리면서 가다가 갓길에 멈춰 섰다. 내리는 운전사를 사정없이 두 주먹으로 얼굴을 난타했다. 운전사는 얼굴을 감싸고 주저앉았다. 코뼈가 부러졌다며 고통을 호소했다.

나는 그때야 정신이 들며 운전사의 얼굴을 매만졌다. 병원에 가자고 했다. 운전사는 병원에는 가지 않겠다고 하면서 합의를 요구했다. 속으로 다행이라고 생각했다. 지금은 돈이 없으니 연락처를 알려 달라고 했다. 운전사는 집 주소와 전화번호를 알려 주었다.

나는 주민등록증을 맡기고 전화가 없어 아내의 미장원 전화번호를 알려 주었다. 이튿날 아내를 찾아가 겨우 합의금을 타내 그 운전사와 합의를 보았다.

또 한번은 저녁 무렵 빵집에서의 일이었다. 갑자기 콜라가 먹고 싶어 가게를 찾았으나 근처에 가게가 없었다. 그래서 가까이에 있는 빵집으로 들어갔다. 콜라를 달라고 하자 빵집 주인은 콜라가 없다고 했다. 빵집에 왜 콜라가 없느냐고 따졌다. 콜라를 갖다 놓지 않는다고 대답했다. 빵집에 왜 콜라를 갖다 놓지 않느냐고 또 따졌다. 그러다가 크게 시비가 벌어졌다.

빵집 주인은 계속 따지는 나의 등을 밀치며 밖으로 밀어내려 했다. 그러다가 출입문 근처에서 넘어지면서 진열대에 놓인 빵들이 바닥에 떨어졌다. 순간 화가 폭발하면서 문밖에 쌓아 놓은 의자들을 들어 빵집 안으로 마구 집어 던졌다.

그리고 빵집 주인과 멱살잡이를 하다 주먹싸움 일보 직전까지 갔다. 빵집 주인은 112에 신고했다. 조금 후에 경찰차가 왔고, 나와 빵집 주인은 파출소로 갔다. 양쪽 진술서를 작성한 후 빵집 주인은 보내졌다. 몇 시간 뒤에 나는 경찰서로 보내졌다.

경찰서에서 조서를 받고 새벽에야 집으로 돌아왔다. 한 달쯤 지나 검찰에서 벌금 통지서가 왔다. 이의가 있으면 7일 이내에 정식 재판을 신청하라고 했다. 정식 재판을 포기했고, 벌금을 냈다.

이외에도, 앞에서 이야기한 바와 같이 아내 구타며, 성남에서 길거리에서 했던 싸움질로 파출소와 경찰서를 들락거렸던 일, 서초동 움막에서 녀석들에게 했던 구타 등 순간 분노를 이기지 못하고 저질렀던 일들이 수없이 많았다.

이 충동·분노 조절 장애 증세자들도 다른 신경증 증세들을 갖고 있다. 충동·분노 조절 장애는 이 충동·분노 조절 장애 증세만을 치유하려고 해서는 안 된다. 충동·분노 조절 장애도 다른 신경증 증세들과 마찬가지로 완전욕과 그 집착이 만든 악습관이며, 그 악습관을 끊는 훈련을 해야 한다.

그리고 제반 완전욕과 집착에서 벗어나는 훈련을 통해, 제반 신경증 증세가 치유되는 과정을 통해 치유될 수 있다. 또한 평범과 균형의 질서(힘)로 돌아오는 과정을 통해, 평범·보통 인간으로 돌아오는 과정을 거쳐 치유될 수 있다.

소심증

　남을 너무 의식하고, 나에 대한 비평과 욕을 너무 의식하는 문제도 그렇다. 주장(主張)이 섰으면 남의 비판이나 욕을 너무 의식하지 말고 나가야 한다. 설사 그 주장이 나중에 옳지 않은 것이 되더라도 우선 자신의 주장을 밀고 나가는 줏대 있는 인간이 되어야 한다. 남의 비판이나 욕을 너무 의식할 필요는 없다.

　그런데 지금까지 나는 어떠했는가. 겉으로는 당당한 것 같으면서도 마음속으로는 남의 비평과 욕을 너무 의식했다. 내가 자리를 뜬 후에 그들이 나를 뭐라고 했을까. 나를 욕하지나 않았을까. 신경을 곤두세웠고 그것을 이리 따지고 저리 따지면서 혼자 고민에 빠지기가 일쑤였다. 남들은 아무렇지도 않게 생각하는 그따위 것들을 가지고 문제시하고 고민에 빠지곤 했다.

　그래서 늘 마음이 불편했고 뭘 해도 그 생각이 떠나지 않고 나를 괴롭혔다. 그다음부터는 잘해 봐야겠다고 생각하고 너무 사소한 언행에 일일이 신경 쓰다 보니, 더욱 언행이 부자연스러워지고 눈치를 살피게 되었다. 그래서 더욱 태도가 비열해지고 아부하는 형태로 상대방의 눈에 비치게 되었다. 그리하여 스스로 상대방에게 심리적으로 예속되는 그러한 결과를 초래했다.

그러한 자신의 열세나 열등감을 만회하기 위해 우발적인 언행을 하기도 했다. 상대방의 인격을 깎아내리고 욕하는 등 상대방을 공격하는 그런 짓을 해댔다. 그리하여 결국 상대방과 적이 되어버리는 그런 어리석은 짓을 했다.

남들은 그러한 사소한 언행에 신경을 쓰지 않고 살아가는데, 나는 그렇지 못했고 너무 소심했다. 그런 사소한 언행에 전전긍긍하며 온 신경을 쏟았다. 그래서 결과적으로 완벽하게 하려다가 다 잃어버리고 마는 그런 어리석음을 범하고 있었다.

우리가 살아가는 데는 때로는 남의 비평이나 욕을 의식도 하고, 의식도 하지 않으면서, 또 적당히 의식도 하면서, 자기의 갈 길을, 자기의 인생을 살아간다. 그 길이 평범의 길이며, 균형의 길이며, 안정과 정상(正常)의 길이다. 그것이 자연스러운 삶의 길이다.

이 복잡한 세상을 살아가면서 사람들은 그따위 사소한 언행과 사소한 것들에 일일이 신경 쓰면서 살아가지 않는다. 그 자리를 떠나면 또 다른 문제들이 기다리고 있다.

줄기만 생각하는 것이지 쓸데없는 자잘한 것에까지 일일이 생각하지 않는다. 물론 생각할 때도 있겠지만 정도의 차이다. 그런데 나는 남을 너무 의식했고 미주알고주알 캐고 생각하며 그런 것들로 시간을 허비하고 정작 내가 해야 할 일은 하지 못하고, 걸어가야 할 길은 걸어가지 못했다.

물론 남의 눈치를 살필 때는 살펴야 하고, 남의 비평이나 욕을 의식할 때는 의식해야 하겠지만 나는 너무 지나쳐서 병이었다. 너무 남의 비평이나 욕을 의식하지 않고 자기주장대로 살아가는 데에도 문제가 있겠지만, 너무 남의 비평이나 욕을 의식하고 살아가는 데에도 문제가 있다. 평범과 균형의 길로 살아가면 된다. 그것이 안정이요, 정상(正常)의 길이다.

그런데 지금까지 나는 상대방이나 남들의 눈치나 보면서, 상대방이나 남들의 비평이나 욕을 두려워하면서, 상대방이나 남들의 생각을, 마음을 살피면서, 그들의 생각에, 그들의 마음에 예속된 그런 예속적인 생활을 해 왔다.

그래서 그 남들과의 인생의 격차는 벌어져 갔다. 그들은 인생의 정도(正道)를 걸어가고 있는데, 나는 인생의 샛길에서 허우적대며 그 정도를 쳐다보며 부러워만 하고 있었다.

남의 눈치나 보고, 남의 비평이나 욕을 두려워했던 것도, 그러한 사소한 언행들, 사소한 것들에서 벗어나지 못하고 일일이 신경 써야 했던 것도, 결국 따지고 보면 완전욕에서 빠져나오지 못하고 그 집착에 끌려서, 그 집착에서 벗어나지 못했던 현상이었다.

그러므로 그러한 완전욕을 떼고 집착을 떼야 하는데, 이 또한 제반 완전욕을 떼고 제반 집착을 떼는 훈련과 병행해 나가는 훈련을 통해, 완전욕과 집착에서 벗어나면서 자연히 그런 소심증(小心症)도 살아지게 될 것이다.

남의 눈치를 너무 보지 않고, 남의 비평이나 욕을 너무 의식하지 않고, 자기주장대로 당당하게 살아가는 인생이 되어야 한다. 물론 자기의 주관이나 주장을 굽힐 줄도 알고, 타협할 줄도 아는 평범 · 보통 인간으로 말이다.

이유와 핑계

　매사에 무슨 이유와 핑계가 그리도 많았던가. 무엇을 하려면, 우선 이유와 핑계가 앞서면서 그것에서 도피하려는, 그것을 회피하려는 거부 반응이 매번 일어났다. 무엇이든지 하려면 꼭 이유와 핑계가 떠오르면서 그것을 가로막고 나섰다.

　편지를 쓰고자 하면 적당한 편지지나 아무 볼펜을 가지고 쓰면 될 터인데, 그 편지지가 없으니 그 볼펜이 없으니 하면서 이유와 핑계가 떠오르면서 그것을 가로막고 나섰다. 그래서 그 편지지와 볼펜이 없다는 이유로 결국 편지 쓰는 것을 미루어 버리고 말았다.

　무엇을 한번 하려고 결심했다가도 이 이유 저 핑계가 앞서면서, 이 조건 저 조건이 앞서면서 결국 실행에 옮기지 못하는 우유부단으로 매사가 끝나 버리고 말았다. 그저 이유와 핑계가 앞서고, 조건이 앞서고, 그래서 모두가 계획만 섰다가 용두사미로 뭘 한번 제대로 실행에 옮겨 보지 못하고 무사(無事)와 안일에 빠지면서 주저앉아 버리고 말았다.

그러한 이유와 핑계와 조건을, 환경을 무시하고 해 나가다 보면 될 터인데도 하기 전에 미리 이유와 핑계와 조건을 달고서는 스스로 빠져나와 버리고 마는 그런 도피 행각을 지금까지 벌여 왔다.

그저 모두가 완벽하게 갖추어져야만 했던 것이고, 설사 완벽하게 이유와 조건이 갖추어졌다 하더라도, 결국 거기에서 또 다른 이유와 조건이 발생하면서 또 실행을 가로막고 나섰다.

이렇듯 지금까지 내 인생이란 이유와 핑계와 조건으로 일관해 왔고, 증세들과 고통을 이유로 무엇 하나 제대로 실천에 옮겨 보지 못했던 그러한 삶을 살아왔다. 그저 무엇을 하려고 해도 이 증세들 때문에, 이 고통 때문에, 이런 이유 때문에 그리고 이런 조건이 갖추어지지 않았기 때문에 할 수 없다고 미꾸라지처럼 이리저리 잘도 빠져나갔다.

이 모두를 따지고 보면 결국 완전욕이 만드는 장난이었다. 증세들과 고통이야 있든 말든, 이유와 핑계와 조건이 가로막든 말든, 제아무리 증세들과 고통이 가로막는다 하더라도 기어이 증세들과 고통을 뚫고, 이유와 핑계와 조건을 무시하고 반드시 나에게 부과된 생(生)의 일들을 해 나가야 한다. 그리고 그 길이 모든 증세와 고통을 이기고, 모든 이유와 핑계, 조건, 환경을 무력화시키는 길이 된다.

후회와 비관

매사 후회하고 비관하는 것도 그렇다. 무엇을 하고 나서도, 사람을 만나고 나서도, 지나간 일들을 그때 내가 그렇게만 안 했더라면 좋았을 텐데 하고 후회하곤 했다.

현재의 내가 이렇게 된 것은 모두 다 과거 탓으로 돌리고, 그 과거를 후회하고 비관하고 한탄만 할 뿐, 현재와 미래를 생각하지 않고 그 과거만을 붙잡고 그 과거에서 빠져나오지 못하고 있었다.

그러나 어찌하겠는가. 지나간 것은 이미 지나간 것. 후회하고 비관한다고 해서 그 지나간 과거가 다시 돌아오겠는가. 어차피 지나간 과거는 지나간 과거인 것. 그 지나간 과거를 붙잡고 아무리 후회한다고 해도 한번 지나간 과거는 다시 돌아오지 않는다.

사람은 어차피 잘못과 실수를 저지르면서 살아간다. 그런 잘못과 실수가 어찌 너만의 문제이겠는가. 사람이면 누구나 다 그런 잘못과 실수를 저지르면서 살아간다. 단지 그들은 너처럼 그렇게 후회하고 비관하고 그 과거에 묻혀서 헤어나지 못하는 것이 아니다.

그들은 시간이 흐르면 잊어버리고, 적당한 세월이 흐르면 잊어버리고 현재와 미래를 살아가고 있다. 그들은 너처럼 그 과거에 매달려 후회와 비관에 빠져 현재와 미래를 살아가지 않고 있는 것은 아니다.

그러면 왜 이처럼 과거에서 떠나지 못하고 후회와 비관 속에서 살아갔는가. 그것은 말할 것도 없이 그 완전욕과 그 집착에서 빠져나오지 못하고 그것들에 지배되어 그 생활에서 빠져나오지 못했기 때문이었다. 그러므로 이 또한 제반 완전욕과 그 집착에서 벗어나는 훈련을 통해 자연히 해결될 것이다.

물론 우리는 살아가면서 과거에 묻혀서만 사는 것이 아니고, 때로는 옛날을 돌이켜도 보고, 그리워도 하고, 후회도 반성도 하면서 현재와 미래를 살아가고 있다. 그것이 우리의 살아가는 삶이다. 그것이 평범과 균형의 삶이고, 그것이 안정의 삶이며 정상(正常)의 삶이다. 그것이 평범·보통 인간의 삶이다.

부분과 전체

부분을 보지 말고 전체를 보는 습관을 가져야 한다. 부분에 가치를 두지 말고 전체에 가치를 둬야 한다. 부분이 좀 흠이 있고 부족하더라도 전체를 봐야 한다. 전체가 목적이지 부분이 목적이 아니다.

아파트의 건물이 색이 바래고 보기 좋지 않더라도 주위 환경이 좋고, 교통이 좋고 등의 필요한 전체를 봐야 한다. 아무리 새 건물이고 산뜻해도, 주위 환경이 좋지 않고, 교통편이 좋지 않으면 안 좋다. 즉 부분보다 전체가 좋아야 한다.

사람도 그렇다. 외모를 보고 판단해서는 안 된다. 외모는 부분에 불과하다. 인간 됨됨이, 능력, 성격, 건강 등 보다 중요한 것들이 있다. 전체를 봐야 한다. 부분이 좀 못하더라도, 외모가 못하더라도 그보다 중요한 전체를 봐야 한다. 그래서 전체에 점수를 매겨 결정하면 된다.

물론 부분도 좋고 그래서 전체가 다 좋으면 더할 나위 없겠지만 그렇게 부분에까지 흠잡을 데 없이 전체가 다 완벽한 그러한 상태란 기대하기 어렵다.

또 설사 부분에까지 완전하더라도 또 어딘가 부분에, 전체에 흠이 나타나게 마련이다. 결코 완전이란, 완벽이란 있을 수 없다. 어딘가 부분에 흠이 있고 그런 전체에 가치를 부여하고 살아간다.

살아가는 것이 목적이지, 완전이 목적이 아니다. 완전 때문에 삶이 죽는다면 그것은 주객이 전도된 것이고, 가치가 뒤바뀐 허수아비 · 껍데기 인생이 되어 버리고 만다.

부분을 보지 말고 전체를 봐야 한다. 그런데 나는 전체를 보지 않고 부분에 좀 흠이 있으면 그 부분의 흠 때문에 속을 끓이고 번민하고 그래서 마침내 그 전체까지를 매도해 버리고 마는 우를 저질렀다.

부분의 가치가 아니라 전체의 가치여야 한다. 삶의, 인생의 부분의 가치가 아니라, 삶의, 인생 전체의 가치여야 한다.

그러기 위해서는 완전욕과 집착을 떼는 훈련을 해 나가야 한다. 그러다 보면 평범과 균형의 길이 보이며, 안정과 정상(正常)의 길이 보이고, 삶의, 인생 전체의 가치가 보이게 된다. 그리고 마침내 평범 · 보통 인간의 길로 들어서게 된다.

신경증 · 심신증의 정체 (1)

불편과 고난을 사랑할 줄 알고, 불편과 고난 속에서 살아갈 줄 알아야 한다. 편안 · 편리만을 찾는 데에 문제가 있었다. 참진리는 불편과 고난 속에 있으며, 이것이 우리 인류의 본래 출발이었고, 그 속에서 우리는 살았어야 했다.

그것을 파괴하고 나온 데에 인류의 커다란 비극이 시작되었다. 그리고 더욱더 풀 수 없는 끝없는 문제의 발생 속에 인류는 스스로 무덤을 파고 있다.

또한 그로 인한 인간 본래 내면의 힘의 균형 파괴는 오늘날 마음의 병, 즉 신경증 · 심신증을 유발하게 되었다.

더 완전한 것을, 더 완벽한 것을, 더 편리한 것을, 더 편한 것을, 더 좋은 것을, 더 큰 것을, 더 많은 것을, 더 빠른 것을, 더 맛있는 것을 …… 그리고 잘생긴 놈만, 공부 잘하는 놈만, 미인만 …… 한쪽이 치우쳐 올라간 놈만 찾는 데에 인류의 불행은 시작되었다.

거기서 발생한 가장 큰 문제가 인간 내면세계의 본래의 균형과 가치관이 깨지면서 신경증·심신증이 발생하게 되었다.

문명의 이기(利器)는 우리에게 정신적·육체적으로 편리함을 준 듯 보이지만 실은 그것은 본질적인 우리들의 정신적·육체적 건강을 빼앗아 버린 결과가 되었다. 그로 인해 거기서 발생한 문제가 신경증·심신증이다.

인간은 자연 속의 동물이며, 다른 동물처럼 자연 속에서 살아가게 되어 있는 본질을 갖고 있다. 그런데 그 본질이 현대 문명으로 인해, 그 이기로 인해 깨어져 버리고, 이질적인 변형된 형질(形質)이 형성되어 거기서의 불균형에서 신경증·심신증이 생겨났다.

현대 문명에 의해, 그 문명의 이기에 의해 자연 속에서의 모든 불편과 고난과 역경을 극복하면서 살아가게 되어있는 본질적인 정신적·내면적 힘의 약화가 오게 되었다. 그리고 그 힘의 저항력 약화에서 신경증·심신증이 생겼다.

문명이 발달하면 할수록, 과학이 발달하면 할수록, 소위 인간의 편안과 편리와 편의를 위한 문명의 이기가 나오면 나올수록, 완전과 완벽을 추구하면 할수록 이 힘의 저항력이 더욱 약화되어 마음의 병(신경증·심신증)이 확산·심화해 나갈 것이 뻔하다.

그러므로 그 정신세계 · 내면세계의 균형의 힘인, 본래 인간 정신세계 · 내면세계의 균형의 힘으로 돌아와야만 한다. 그 힘으로 돌아오는 길은 인류의 본래의 길이었던 불편과 고난과 역경 속에서의 생활을 사랑하는 길이며, 본래의 가치관을 찾는 길이다.

그 길이 평범과 균형의 질서(힘)의 길이며, 평범 · 보통 인간의 길이다. 그것이 마음의 병, 즉 신경증 · 심신증에서 벗어나는 길이 된다.

신경증 · 심신증의 정체 (2)

　나는 술을 끊었다가 내 모든 증세가 신경증 · 심신증이라는 것을 알고 난 후부터는 술을 다시 마시기 시작했다. 술을 끊었던 이유로는 술의 의존으로부터 떠나기 위해서였지만 그러한 의존의 차원을 넘어 순수한 입장에서 술을 마시기로 생각하고 다시 술을 시작했다. 의학적으로 술 자체가 주는 해(害)와 이(利)를 떠나 남들처럼 그저 술을 마시기로 했다.

　술을 다시 시작하고 나서 6개월 후부터인가 술을 마시고 나면 가끔 위가 뒤틀리는 통증이 왔다. 어떤 때는 너무 고통스러워 밤잠을 이루지 못했다. 그렇게 몇 번을 견디고 나서는 도저히 더 참을 수가 없어 병원을 찾아갔다. 의사는 청진기로 검사한 후, 위내시경 검사를 했는데 아무 이상이 없다고 했다. 그리고 될 수 있으면 술과 매운 것 등은 삼가야 한다고 말하면서 며칠분의 약을 처방해 주었다.
　집에 와서 술을 끊고 그 약을 다 먹었으나 효과가 없었다. 먹을 때 잠시만 효과가 있는 듯하다가는 그만이었다. 약을 다 먹었는데도 복통은 가시지 않았다. 그래서 약국에서 이 약 저 약 사먹었고 얼마가 지난 뒤 복통은 사라졌다.

복통이 사라진 후에도 며칠 동안 술을 끊었다. 복통에 대하여 잊을 만할 때 다시 술을 계속했다. 몇 달을 탈 없이 잘 지나갔다. 그렇게 몇 달간 술을 먹어도 탈 없다가 어느 날 다시 위가 끊어지는 듯한 통증이 왔다. 이번에는 밤잠을 자지 못하며 방바닥을 굴렀다. 이번에는 그 통증이 너무 심해 한밤중에 아내를 데리고 병원 응급실을 찾았다.

의사는 급성 위궤양이라면서 술을 많이 하느냐고 물었다. 술은 많이 하지는 않지만, 보통은 한다고 했다. 술 때문에 그러니 술을 끊으라고 했다. 전에 다른 병원에서 위내시경 검사를 받았는데 아무 이상이 없다는 진단을 받았다고 이야기하였으나 의사는 아무 말이 없었다.

조금 후에 간호사가 와서 나를 침대에 눕히고 링거병을 걸고 주사기를 내 팔뚝에 꽂았다. 그렇게 그 밤을 병원에서 보내고 아침에 며칠분의 약을 타 가지고 집으로 돌아왔다. 밥도 먹지 못하고 미음을 먹으면서 2~3일을 집에서 보냈다.

물론 술은 마시지 않았고 약은 꼬박꼬박 먹었으나 별 효과가 없었다. 병원에서 갖고 온 약을 다 먹었어도 효과가 없자, 약국에서 먼젓번 사다 먹은 약을 사서 다시 먹었다. 그 약이 효과가 있었던 것 같았기 때문이었다.

이번에도 그 약이 효과가 있어서 그랬는지 하여튼 2~3일 복용하고 난 후에 복통은 사라졌다. 그리고 며칠간 술을 마시지 않았다. 그러고 나서 복통을 잊을 만하면 또 술을 전과 같이 마셨다. 그리고 몇 달간은 아무 탈 없이 진행해 나갔다. 그러다가 또 탈이 나면 약국에서 그 약을 사다 먹었고, 다시 술을 마시고 그렇게 반복하면서 1년여의 세월을 보냈다.

그처럼 1년여의 세월을 보내고 나서, 나는 '이래서는 안 되겠구나' 하고 단호한 결심을 했다. 아플 때마다 약국에 가서 약 사먹고 할 것이 아니라, 어쨌든 병원에서 근원적인 치료를 해야만 한다고 생각했다.

그래서 내과 전문의를 찾아 나섰다. 가는 곳마다 위궤양이라면서 술과 자극성 음식을 삼가야 한다고 했고, 약을 처방해 주면서 병원에 계속 다니라고 했다. 의사가 시키는 대로 술을 끊고 꾸준히 병원을 계속 다니면서 의사가 처방해 주는 약을 먹었으나 약을 먹을 때 잠시 효과가 있는 듯하다가 도로 마찬가지였다.

그렇게 몇 달을 다녔으나 효과를 보지 못했다. 몇 군데 전문의들을 찾아다녀도 효과가 없자, 이번에는 용하다는 한의사를 찾아 나섰다. 한의사도 술 때문에 위벽이 헐었다면서 역시 위궤양이라 했고 술을 끊으라고 했다. 그리고 5일분의 약을 지어 주면서 두어 달간 다니면서 한약을 복용하라는 것이었다.

한의사 지시대로 두어 달간 술을 끊고 한약을 복용했다. 두어 달간 한약을 복용한 후 얼마 있다가 다시 술을 마셨는데 없어진 줄 알았던 복통이 다시 왔다. 위가 끊어질 듯한 통증은 마찬가지였다.

다시 그 고통을 이기지 못해 또 다른 내과 전문의를 찾아갔다. 그런데 그 전문의는 나의 말을 가만히 듣더니 신경 정신과 의사를 찾아가 보라고 했다. 신경성 위궤양 증상이라고 했다. 그 의원 문을 나서며 '이것도 마음이 만드는 심인성(心因性) 증세로구나' 하는 생각이 들면서 내 나름대로 느낀 바가 있어 고개를 끄덕였다.

약 처방을 내주지 않고 그러한 이야기를 해 준 그 의사에게 마음속으로 고마움을 표시했다. 이번에는 그 의사의 말도 있고, 뭔가 느낀 바가 있기도 해서 위가 끊어질 듯한 고통을 당하면서도 이를 물고 참으며 약을 사 먹지 않았다. 약국으로 달려가 그 약을 사 먹고 싶어도 끝내 버티고 약을 사 먹지 않았다. 그렇게 3~4일간을 위가 끊어질 듯한 고통을 견뎌 냈다.

3~4일 그 고통을 이겨 내고 나서 5일째 되던 날인가 그날도 위가 끊어질 듯한 그 고통은 여전했다. 그날도 약을 사 먹지 않고 이를 물며 그 고통을 참아 내고 있었다.

그런데 친구가 찾아왔던가 하여튼 어떤 계기가 있어 그 고통이 있는데도 불구하고 그만 술을 마시게 되었다. 그것도 조금 마신 것이 아니고 소주 두 병 정도를 마셨다. 소주 반병 정도가 그 당시의 내 주량이었는데, 위가 끊어질 듯한 고통을 당하는 그 지경에서 소주 두 병 정도 마셔 버렸다. 술에 취해 몽롱해지면서 '이제는 죽었구나' 하는 생각이 들었다.

이튿날 늦게까지 곯아떨어졌다. 눈을 뜨니 날이 훤히 밝아 있었다. 얼른 위가 어떤가에 신경이 갔다. 그런데 이상하게도 통증이 없었다. 아무리 주의를 기울여 보아도 위가 언제 아팠느냐는 듯이 아무런 통증이 없었다. 다만 머리가 아프고 심한 갈증만을 느꼈을 뿐이었다.

이상한 일이었다. 그 전날 술을 마실 때까지만 해도 끊어질 것 같던 위의 고통이 있었고, 술에 깊이 취하면서 아득히 '이제는 죽었구나' 하는 생각이 명멸해 갔던 것만이 기억에 남았다. 그러고 나서 정신을 잃고 곯아떨어져 버렸다. 그런데 깨어나 보니 위가 멀쩡하다? 어찌 된 영문인지 나는 어리둥절했고, 다음 순간 '일시적 현상이겠지' 하고는 또다시 더욱 닥칠 고통을 생각하고는 자리를 털고 일어났다.

그런데 그날 저녁때까지도 위에 아무런 소식이 없이 멀쩡했다. 밥도 잘 먹었고 소화도 잘됐다. 이튿날도 괜찮았고 그다음 날도 그리고 그다음 날도 고통 없이 쭉 정상의 행진을 했다.

술은 여전히 마셨으나 아무 고통이 없었고 아무런 탈도 나지 않았다. 밥 잘 먹고, 잠 잘 자고, 소화 잘되고 아무 이상이 없었다. 그렇게 아무 탈 없이 몇 년이 지나갔고 지금까지 달려왔다. 다른 병원에 가 위내시경 검사를 다시 받아 보았다. 위에 아무 이상이 없었다.

그렇다면 이와 같은 사실들은 무엇을 뜻하는가. 여기에서 나는 간과해서는 안 될 중요한 사실을 알게 되었다. 아니 이것은 실로 신경증·심신증의 정체가 무엇인가를 말해 주는 움직일 수 없는 실례였다.

신경증·심신증이란 기질적(器質的) 이상이 있는 것도 아니고, 우리 몸의 어딘가가 고장이 난 것도 아니며, 다만 심리적인 원인에 의해 실제로 정신과 육체에 이상을 일으키고 있는 현상으로서 앞에서도 언급한 바와 같이 그것은 가(假)증상이요, 가(假)실체이다.

그러므로 그 증세와 고통이 아무리 심하다 하더라도 죽음을 각오하고 돌아서서 정면 도전 하면, 돌아서서 쳐 버리면 사라져 버리는 허깨비 형체요, 무형체(無形體)이다.

허깨비란 놈은 마음이 약하면 나타나고, 마음이 강하면 없어지는 놈이다. 이와 같은 허깨비란 놈이 바로 신경증·심신증 제반 증세이다. 놈은 무형체요, 우리 마음이 만든 하나의 착각이다.

신경증 · 심신증의 발생 원인

나에게도 하룻밤 또는 며칠 밤씩 자지 못했던 불면(不眠)의 밤이 있었으나 웬일인지 그러한 불면에는 그리 걱정을 하지 않고 그럴 때도 있으려니 하고 흘려보냈다.

그러면 그 이튿날 또는 며칠씩 잠을 자지 못한 다음에는 정상으로 잠을 자게 되었다. 이상하게도 그런 불면은 걱정하지 않고 흘려보낼 수가 있었다. 그러면 불면이 있고 난 뒤에는 또 정상으로 잠을 잘 자게 되었다. 그런 불면을 걱정하지 않고 '잠 안 올 때도 있지' 하고 무심히 흘려보냈다.

천만다행한 일이었다. 만약 내가 그것을 걱정하고, 병원에 다니고, 약을 먹고, 문제시했다면 틀림없이 다른 모든 증세와 함께 불면증에 걸렸을 것이다. 그러나 천만다행으로 그것을 무심히 흘려보낸 덕분으로 불면증에는 걸리지 않게 되었다.

그것을 그저 무심히 넘겨 버릴 수 있었던 것은 정말 하늘이 도와준 일 같았다. 그래서 지금도 잠이 안 오는 밤이 가끔 있지만 나는 걱정하지 않고 그 밤을 보낼 수가 있다.

그러면 다음 날 정상으로 잠이 오며, 설사 그다음 날도 잠이 오지 않더라도 걱정 없이 지낸다. 그러면 반드시 정상으로 잠이 오는 밤을 맞이한다. 걱정하지 않고 자연의 흐름에 따랐을 뿐이다. 그러면 다시 제자리로 돌아왔고 정상(正常)으로 돌아왔다.

그것을 따지고, 문제시하고, 걱정하고, 성화를 부렸더라면, 즉 자연의 흐름을, 이치를 따지고, 문제시하고, 덤벼들고, 도전했더라면 틀림없이 나는 그 자연 질서의 이탈이 되어 불면증이라는 자연 무질서의 심연(深淵)에 깊이 빠져들고 말았을 것이다. 그리고 다른 증세들과 같이 그 심연에서 헤어나지 못해 몸부림쳤을 것이다.

성(性) 문제에 대해서도 생각해 보자. 앞에서 상세히 서술한 바 있지마는 나의 사춘기의 자위행위에 대한 그릇된 판단으로 주의력 · 집중력 감퇴를 가져왔고, 결국 그것이 사고 막힘 · 독서 막힘 등의 증세로 발전했다는 것을 앞에서 이야기한 바 있다. 그리고 그로 인해 강박증 등의 본격적인 증세들로 확산 · 심화하여 갔다.

나중에 자위행위, 그것을 해롭다고 생각했던 바로 그 자체가 실제로 증세들을 가져왔던 심인성 증세(心因性症勢)였다는 것을 알았으며, 자위행위 그 자체는 해가 없다는 것을 알고, 거기에 대한 확신을 얻고 난 후부터 자위행위 그 자체에 대한 고민은 없어졌다.

출발은 자위행위에서 시작되어, 그것이 이리저리 악순환의 고리를 만들면서 불어나 오늘날의 모든 증세를 만들었다. 자위행위 그 자체에 대한 고민과 문제는 해결되었어도, 그로 인해 얻어진 모든 증세는 그대로 남아 있었다.

그러나 다른 모든 증세는 그렇게 악순환의 고리를 만들면서 뻗어 나갔지만, 불면증, 말더듬증, 성(性) 영역(領域)들은 침범을 받지 않았다.

그러면 다른 모든 영역은 침범되어 증세들로 남게 되었는데, 왜 불면증, 말더듬증, 성 영역들은 침범되지 않고 본래의 영역으로 남게 되었는가 하는 문제이다.

불면에 관해 앞에서 언급한 바와 같이 잠이 오지 않으면 잠이 오지 않나 보다 하고 걱정하지 않고 그냥 지냈고, 왜 잠이 오지 않나 따지지 않았고, 문제시하지 않았고, 성화를 부리지 않았기 때문에 그 영역은 침범당하지 않았다.

말더듬증도 마찬가지 이유로 침범당하지 않고 그대로 남아 있을 수 있었다. 마찬가지로 성 문제에서도 발기가 되지 않을 때가 있어도 '피곤해서, 심리적 위축으로 그러겠지. 또 그럴 때도 있겠지.' 하고 아무 걱정 없이 그저 지냈다.

그것을 걱정하고 고민을 했더라면, 그것에 대해 집착을 가졌더라면 틀림없이 그 영역도 침범을 당해 증세로써 남을 뻔했다. 설사 또 그다음에도 발기가 되지 않고, 다른 성 문제가 유발된다 하더라도 또 걱정 없이 그냥 흘려보냈다. 그러면 언젠가는 당당하게 일을 할 수 있는 때가 반드시 왔다.

그렇게 정상의 궤도를 오랫동안 달려가다가 또 말썽을 부리고 정상 궤도 이탈이 와도 또 걱정하지 않고 그냥 흘려보냈다. 그것은 자연 질서의 한 흐름으로 받아들였을 뿐, 정상으로 받아들였을 뿐 하등의 걱정이나 문제시하지 않았다. 그것이 그 영역은 침범당하지 않고 그대로 그 본래의 영역을 지킬 수 있었다.

이렇듯 마음의 병(신경증·심신증) 제반 증세란 우리 생활 속에서 자연 흐름의 사이클(cycle)로서 있는 정상적인 일들을 그냥 내버려 두고 흘려보냈으면 될 일들을, 그 특유의 집착이란 놈에게 운 나쁘게도 걸려들어 그놈에게 물려 그만 그 영역들은 침범을 당해 그 같은 증세들로 남게 된다.

게다가 그 완전욕이 에워싸며 뼈를 붙이고 살을 붙여 그놈들을 각각 독립된 당당한 증세들로 만들어 버린다. 그래서 무슨 무슨 강박증(강박 사고·강박 행동)이란 놈으로, 우울증이란 놈으로, 무기력증이란 놈으로, 충동·분노 조절 장애란 놈으로, 불면증이라는 놈으로, 주의력·집중력·기억력 감퇴라는 놈으로, 사고 막힘 · 독서 막힘이란 놈으로, 말더듬증이란 놈으로, 발기 부전 증이란 놈으로, 조루증이란 놈으로, 불감증이란 놈으로, 공황 장 애란 놈으로, 건강 염려증(질병 공포증)이란 놈으로, 광장 · 폐소(폐쇄) · 사회 · 대인 · 고소 · 적면 · 시선 · 소음 공포증 등 수많은 무슨 무슨 공포증이란 놈으로, 무슨 무슨 불안증이란 놈으로, 변비란 놈으로, 신경성 두통 · 복통 · 요통 · 흉통 또는 무슨 무슨 신경성 통증이란 놈으로, 신경성 위장병이란 놈으로, 그리고 신경성 ○○병이란 놈으로 등 수많은 무슨 무슨 증세란 놈으로 되어, 정신과 육체에 깊숙이 자리를 차지하고는 정신과 육체를 지배하고 있다. 그래서 무슨 무슨 마음의 병(신경증 · 심신증) 환자가 되어 지금까지 그놈들에게 그렇게 짓밟히며 그 같은 고통을 당하고 있다.

가산을 탕진하면서 병원이란 병원은 다 다녀 보고, 의원이란 의원은 다 다녀 보고, 한방 병의원이란 곳은 다 다녀 보고, 좋다는 약은 다 먹어 보았다. 무슨 무슨 요법은 다 받아 보고, 무슨 무슨 상담소 · 연구소 · 교정원이란 곳은 다 다녀 보고, 별별 좋다는 곳은 다 가 보고, 좋다는 방법은 다 해 보았다.

그런데도 그놈들은 없어지기는커녕, 그럴수록 더욱 자리를 파고들며 자리를 지키면서 놈들의 자리를 더욱 굳혀 갔다. 그러면서 그 위력의 칼을 더욱 휘두르면서 놈들은 쾌재를 부르며, 승리의 환호를 불러 댔다. 그놈들은 그럴수록 더욱 깊이 뿌리내린 악습관(惡習慣)이 되었다.

이렇게 놈들의 칼(악습관들의 칼)에 무수히 맞고 쓰러져 어떤 마음의 병(신경증·심신증) 환자들은 다시는 일어나지 못했다. 또 어떤 환자들은 그래도 희망을 포기하지 않고 다시 일어나 구세주를 찾아 방황의 길을 계속했다. 이렇듯 환자들은 놈들의 칼에 맞고 쓰러지거나 일생 동안 방황의 길을 걷거나 하는 것이 대부분이다.

나도 놈들의 칼에 무수히 맞고 쓰러졌고, 목숨만 붙어 겨우 일어났으며 그렇게 일어나면 또 놈들의 칼에 맞아 다시 쓰러졌다. 그래도 죽지 않고 시신이 다 된 몸으로 다시 일어나 구세주를 만나기 위한 방황의 길을 계속하다가 나를 구해줄 구세주가 없음을 뒤늦게 알게 되었다.

정말 하늘의 도움으로 나 자신 외에 그 어디에도 구세주가 없음을 알고, 나 스스로가 만든 증세들(악습관들)이므로 나 스스로가 풀어야 한다는 것을 알게 되었다.

바로 나 자신 속에 구세주가 있음을 알고, 바로 나 자신이 구세주라는 것을 알게 되었다. 그리하여 나 스스로가 칼을 뽑고 놈들(악습관들)에게 정면 도전, 선전 포고 했다. 그리고 놈들과의 치열한 접전의 길로 들어섰다. 그 승리를 확신하고 지금도 그 최후의 승리를 위해 분골쇄신, 사력(死力)을 다해 싸우고 있다.

스트레스란 무엇인가

　오늘날 현대인에게 있어서 가장 심각한 문제 중의 하나인, 그리고 나에게 있어서 가장 심각한 문제 중의 하나였던 스트레스에 대하여 생각해 보기로 하자.

　그럼 스트레스란 과연 무엇인가. 스트레스(stress)란 그 영어의 뜻으로는 '압박', '강세', '긴장'이라고 사전에 적혀 있다. 의학적 설명으로는 '생체에 가해지는 여러 상해(傷害) 및 자극에 대하여 체내에서 일어나는 비특이적(非特異的)인 생물 반응'이라고 되어 있다.

　그렇다면 이와 같은 스트레스는 왜 일어나는가. 문명이 발달할수록, 사회생활이 복잡해질수록 더욱 스트레스 문제가 심각해지는 이유는 과연 무엇인가. 그 해결책은 과연 무엇인가. 스트레스에 관한 수많은 책이 나왔고 스트레스에 관하여 의학은 수많이 이야기하고 있다.

　현대인이면 누구나 이 스트레스에 시달리고 고민하고 있다.

나는 여기서 스트레스에 관하여 일반적으로 알고 있는 일반론과 그 처방을 이야기하려는 것이 아니다. 내 경험으로 알게 된 것을 이야기하고자 한다. 나는 이 책에서 지금까지 밝혔듯이 나의 모든 증세가 심인성이라는 것을 알았고, 거기에 대해 알게 된 처방을 지금까지 서술해 왔다.

모든 증세는 정신·내면세계의 강한 힘(요소)[부정적인 힘(요소)]이 약한 힘(요소)[긍정적인 힘(요소)]들을 계속 지배하는 힘의 불균형에서 온다.

그것은 자연에서의 안정과 정상(正常)을 유지하는 평범과 균형의 질서(힘)의 불균형과 맥락을 같이하며, 모든 삼라만상(森羅萬象)에 있어서 안정과 정상(正常)을 유지하는 평범과 균형의 질서(힘)의 불균형과 맥락을 같이한다.

자연과 삼라만상에는 가시적(可視的) 세계만 있는 것이 아니라 비가시적(非可視的) 세계도 있다. 그 비가시적 세계가 정신·내면세계이다. 그 정신·내면세계의 자연 질서인, 존재 질서인 평범과 균형의 질서(힘)의 불균형에서 신경증·심신증 제반 증세가 발생한다. 그러므로 정신·내면세계의 자연 질서의 흐름으로 돌아와야 하고 평범과 균형의 질서(힘)로 돌아와야 한다.

정신·내면세계의 힘의 불균형 상태가, 그 어떤 정신·내면세계의 강한 힘(요소)[부정적인 힘(요소)]이 다른 약한 힘(요소)[긍정적인 힘(요소)]들을 지배하고 군림하는 상태가, 그래서 그 약한 힘(요소)들이 지배를 받고 신음하는 상태가 신경증·심신증 제반 증세이다.

약한 힘들이 분연히 일어나 그 강한 힘에게 강력히 도전하여 그들의 권리를 쟁취하고 힘의 균등화·민주화를 이루어야 한다. 그리하여 정신·내면 힘의 세계가 평범으로 균형으로 돌아올 때, 안정이 오고 정상(正常)이 오게 되어 신경증·심신증 제반 증세에서 벗어나게 된다.

문명이 발달하면 할수록, 문명의 이기(利器)가 나오면 나올수록, 생활이 편하면 편해질수록 정신세계와 내면세계의 힘의 약화를 가져와 본래의 저항력을 상실해 그 같은 신경증·심신증 제반 증세가 오는 것이다.

약해진 정신·내면세계의 힘이 자연에 대한, 환경에 대한, 인생에 대한, 삶에 대한 본래의 저항력을 잃고 고통을 받고 있는 상태가 신경증·심신증 제반 증세이다.

환경의 변화를 겪으면, 외부로부터 충격을 받으면, 살아가는 데에 있어서 있을 수 있는 여러 가지 충격을 받으면, 생존 경쟁에서 일어날 수 있는 갖가지 충격을 받으면 그것들을 능히 저항하고 지탱할 수 있었던 본래의 정신·내면세계의 저항력 약화에서 오늘날 스트레스라는 심각한 문제를 낳게 되었다.

이 스트레스는 환경의 변화를 겪으면, 외부로부터 충격을 받으면, 살아가는 데에 있어서 있을 수 있는 여러 가지 충격을 받으면 자기방어를 위해 일어나는 정신 · 내면세계의 현상으로서, 내면의 힘(평범 · 균형의 힘)에 의해 그때그때 그 스트레스는 흡수되고 극복되어 나갔다.

그런데 이 정신 · 내면세계의 힘의 약화에서 그때그때 일어나는 스트레스를 흡수하고 극복하는 힘을 상실함으로써 스트레스는 극복되지 않고 남아 있게 되었다. 그리고 그것이 심신(心身)에 영향을 주어 심신에 여러 가지 이상(異常)을 일으키고 있는 현상이 다름 아닌 스트레스 증후군(症候群)이다.

이 스트레스를 극복하는 데는 약을 먹거나, 술을 먹거나, 오락을 하거나, 무엇을 하거나 하는 방법으로는 일시적 해결이 될 수 있을지는 모르나 근원적인 해결책은 될 수가 없다.

그러면 근원적인 해결책은 과연 무엇인가. 그 근원적인 해결책이란 다름 아닌 환경, 외부, 삶 등에서 발생하는 충격에 저항하고 면역할 수 있는 본래의 정신 · 내면세계의 힘인 평범과 균형의 힘을 기르는 것이다. 그것이 근원적인 해결책이며 원천적인 해결책이다.

정신 · 내면의 힘을 길러, 환경, 외부, 삶 등에서 발생하는 충격에 저항하고 면역할 수 있는 본질적인 힘이 길러졌을 때, 정신과 내면세계의 안정이 옴으로써 스트레스의 문제는 해결된다.

그러므로 스트레스는 이겨 나가야 해결되는 것이지, 약을 먹거나, 술을 먹거나, 오락을 하거나, 무엇을 하거나 하는 방법으로는 해결될 것이 아니다. 스트레스의 근원적인 해결이란 스트레스를 흡수하고 극복하고 이겨 나가면서 그 면역의 힘을 길러야 한다.

이 스트레스의 극복도 완전욕과 집착의 문제를 해결하는 차원에서 해결될 수 있는 문제이며, 또한 신경증 · 심신증 제반 증세를 극복하는 바로 그 길이 스트레스를 극복하는 길이 된다.

그리고 대인관, 생활관, 인생관, 사회관, 국가관, 세계관 등이 바로 서고, 모든 가치관이 바로 서고, 자신의 철학이 확립될 때, 그리하여 평범 · 보통 인간으로 돌아올 때 스트레스라는 문제에서 해방될 수 있다.

신경증 환자와 천재들

제반 증세의 원인이 되는 그리고 가장 해결해야 할 문제인 완전욕과 집착에 관하여 다시 한번 이야기해 보기로 하자.

무엇에나, 어디에나, 매사에 들러붙는, 거기서 벗어날 줄 모르는, 그로 말미암아 신경증·심신증 제반 증세를 유발하고 있는 이 완전욕과 집착을 떼는 노력과 훈련만이 제반 증세로부터 해방되는 길이라는 것을 앞에서 이야기한 바 있다.

그렇다면 무엇에서, 어디에서, 매사에서 이 완전욕과 집착을 완전히 떼어 내면 과연 해결되는 것일까. 그리고 이 완전욕과 집착이 우리 생활에 있어서 과연 독소적인 요소로만 존재하는 것일까.

이 완전욕과 집착이 어쩌다가 부정적인 요소에만 치우쳐 그 증세들과 고통을 만드는 것이다. 그러나 이 완전욕과 집착이 긍정적인 요소로 작용할 때, 그것은 생산적인 방향으로 흘러간다는 것을 또한 간과해서는 안 된다는 사실이다.

이 완전욕과 집착이 어느 방향으로 붙느냐에 따라, 신경증·심신증 환자가 되기도 하고 또는 위대한 발명가나 사상가가 되기도 한다. 무조건 이 완전욕과 집착을 배타해서는 안 되는 이유다.

내가 5만여 영어 단어를 알 수 있었던 것도, 그만한 영어 실력을 갖출 수 있었던 것도, 따지고 보면 이 완전욕과 집착에 끌려 한없이 사전을 찾아보고, 아무리 어려운 문장을 만났다 하더라도 기어이 해석해 내야만 했던 것은 모두 다 이 완전욕과 집착의 덕택이었다.

인류 역사상 위대한 과학자나 발명가, 사상가, 철인(哲人) 등도 이 완전욕과 집착에 사로잡혀 그것들에 한없이 끌려다니며 파고든 결과의 부산물(副産物)이다. 그들은 그들의 의지와는 상관없이 어쩌다 운 좋게도 그 완전욕과 집착이 그런 방향으로 붙어, 그것들에 한없이 끌려다닌 결과 위대한 과학자, 발명가, 사상가, 철인이 되어 역사에 그 이름을 남기게 되었다.

그러나 불행하게도 이 완전욕과 집착이 어쩌다 쓸데없는 비생산적인 부정적인 요소에 그만 붙어버려, 신경증·심신증 환자가 되는 양극(兩極)의 현상으로 나타나게 되었다.

소위 천재들이란 사람들이 만들어 놓은 인류 문명은 분명 자연의 존재 질서인 평범과 균형의 질서의 이탈로서, 한쪽으로만 치우쳐 이루어진 결과이므로, 그것은 불안정이며 비정상(非正常)이다.

그러므로 언젠가는 인류는 그들로부터의 결과에서 탈피하여 본연의 평범과 균형의 질서로 돌아와야만 한다. 그것이 안정이며, 정상(正常)이며, 본연의 자연의 존재 질서로 돌아오는 길이다.

우리 인류의 존재도, 삶도 모두 자연의 질서 속에 있다. 그러므로 언젠가는 인류는 자연의 존재 질서인 평범과 균형의 질서로 돌아와야만 한다. 그 길이 죽음을 면하고 인류가 존재하는 길이기 때문이다.

그런데 인류는 지금 한쪽이 올라간, 한쪽에 치우친 몇몇 천재들이 만들어 놓은 자연의 존재 질서인, 평범과 균형의 질서에서 이탈해 비정상에서 살고 있다. 그것은 불안정이며 언젠가는 인류의 불행으로 이어질 것이다.

이 천재들도 평범과 균형의 질서의 이탈자들로서, 신경증·심신증 환자들도 평범과 균형의 질서의 이탈자들로서 양쪽 모두 비정상적인 인간들이다. 그 천재들도 이 한쪽에 쏠린 완전욕과 집착의 노예들이었으며, 신경증·심신증 환자들도 이 한쪽에 쏠린 완전욕과 집착의 노예들이다.

또한 동서고금 절대 군주나 독재자들도 한쪽에 쏠린 완전욕과 집착의 노예들이었으며, 현재의 세계 독재자들도 한쪽에 쏠린

완전욕과 집착의 노예들이다. 즉 모두가 평범과 균형의 질서의
이탈자들이다.

이 완전욕과 집착이 필요 없는 것은 아니다. 다만 이 완전욕과
집착을 평범과 균형의 질서(힘)로 돌아오는 작업을 해야 할 뿐이
다. 그것이 안정과 정상(正常)으로 돌아오는 길이며, 평범·보통
인간으로 돌아오는 길이다. 그리고 신경증·심신증에서 벗어나
는 길이다.

정신·내면세계의 집착이 균형을 잡아야 정신·내면세계는 질
서를 유지하게 되고 안정이 오게 되고 건강을 유지하게 된다.

동굴을 빠져나오다

　서초동 움막과 부평 아파트에서 영감(靈感)처럼 떠올라, 지금까지 서술해 온 이와 같은 모든 '앎'들을 그때그때 메모해 두었다가 정리해 그것을 읽고 또 읽으면서 그들 '앎'들에 대한 확고부동한 신념을 가지고 실천의 길로 일로매진해 나갔다.

　그 실천 과정에서 때로는 증세들과 고통에 너무 시달리다 보면 회의가 들기도 하고 실망과 낙담에 젖어 멍하니 하늘을 쳐다보며 눈물을 흘리기도 했으나, 다시 마음을 가다듬어 이를 물고 재도전의 장을 열어 나갔다. 아무리 이 모든 것들을 알고 그것들이 진리라고 하더라도 실천하지 않으면 그 모든 '앎'들도 아무 필요가 없게 된다.

　오직 그 '앎'들의 실천만이 이 모든 증세(악습관)를 퇴치하는 길이 된다. 그 실천의 길을 가지 않으면 이 모든 '앎'들도 모두 허사가 되어 버릴 것이고, 그 모든 증세에서 벗어나기를 바란다는 것은 마음뿐인 오직 공염불에 불과하게 될 것이다.

　생활 속에서, 무엇에나, 어디에나, 모든 것에 들러붙는 그 완전욕과 집착, 강박증을 떼어 내는, 그것들에 끌려가지 않는 결사적인 노력을 해 나갔다.

　그렇게 놈들에게 끊임없이 도전하자, 마침내 그 무너질 수 없을 것 같던, 철옹성의 요새 같던 그 완전욕과 집착의 성(城)이, 그 모든 강박증의 성(城)이 서서히 무너져 가기 시작했다.

　완전욕과 집착을 떼어 내는, 그 완전욕과 집착을 평범과 균형으로 오는 작업을 계속해 나간 결과, 완전욕과 집착에서 벗어나면서, 그 완전욕과 집착이 평범과 균형의 질서(힘)로 자리 잡아 가기 시작했다. 그러면서 모든 증세가 서서히 없어져 가기 시작했다.

　마음을 열기 위한 부단한 도전 끝에 굳게 닫혔던 마음의 문이 서서히 열리기 시작했고, 돌덩이처럼 굳어 있던 제반 고정 관념과 아집과 독선, 절대성(絕對性)의 성(城)들이 서서히 무너져 내리기 시작했다. 그 지독했던 모든 강박 증세(강박 사고ㆍ강박 행동)가 서서히 없어져 갔다.

　그와 함께 심신(心身)의 긴장과 굳음이 또한 서서히 풀어지기 시작했으며, 더욱이나 풀어지지 않을 것 같던 그 머리의 긴장과 굳음도 봄눈 녹듯 서서히 풀어지기 시작했고, 두통도 없어져 갔다. 그리고 심신의 긴장과 굳음이 풀어지면서, 모든 육체적 통증이 없어져 갔다.

　그렇게 굳어 있던 마음이 서서히 풀어지면서 아량과 포용의 마음이 살며시 고개를 내밀기 시작했다. 또한 놓기도 했고, 버리기도 했고, 주기도 했으며, 체념했고, 포기했고, 양보했고, 지기도 했고, 손해 보기도 했다.

불같던 성질도 서서히 누그러지며 이제는 어느 정도 감정보다 이성이 앞서는 나 자신을 발견하게 되었다. 조그마한 일에도 화를 참지 못하고 욱하며 다툼과 싸움질하던 그 성질도 차츰 누그러져 갔다. 그리고 감정 조절이 되면서 충동·분노 조절 장애도 서서히 없어져 갔다.

신경이 곤두서며 거부 반응이 일어나던 제반 소음에 대한 면역도 서서히 되어 가고 있었고, 오히려 아이들이 떠드는 소리나 우는 소리는 녀석들이 귀엽고 사랑스럽게 들렸다.

내 정신세계와 내면세계에 대변화(大變化)의 물결이 서서히 일기 시작했다. 아내에게 매사 신경질을 부리며 화를 내던 마음도 서서히 누그러져 가며 신경질도 차츰 없어져 갔고, 아내에게 따뜻한 말과 고마움의 말도 하게 되었다.

세상을 증오하고 원망하던 눈도 서서히 방향 전환을 하면서 이해와 긍정의 눈으로 쳐다보기 시작했다. 원망스럽던 사람들과 아파트의 주민들도 차츰 이해와 긍정의 마음의 창을 통해 보기 시작했다.

완전욕과 집착에서 벗어나면서, 불평과 불만이 사라져 갔다. 불평과 불만이 있던 것들에 대해, 그럴 수밖에 없는, 그렇게 될 수밖에 없는 당위성(當爲性)과 상대성(相對性)에 눈을 돌리기 시작했다.

매사에 부정적 외곬으로만 흐르던 사고방식이 서서히 방향 전환을 하기 시작했고, 마이너스 정신세계가 플러스 정신세계로 서서히 방향을 틀기 시작했다.

완전욕과 집착에서 벗어나면서, 그 완전욕과 집착이 평범과 균형의 질서(힘)로 자리 잡히면서, 마음의 균형이 잡혀 갔다. 그러면서 머리의 긴장과 굳음, 심신의 긴장과 굳음이 풀어지면서 주의력·집중력이 살아났다. 그리고 사고 막힘·독서 막힘도 서서히 풀리기 시작했다.

막연하게 불안하고 초조하던 마음도 서서히 사라지기 시작했고, 폐소(폐쇄) 공포증, 고소 공포증, 소음 공포증 등 각종 공포증도 서서히 사라져 갔다. 마음의 흔들림도 서서히 제자리를 잡아가면서 가지에 놀아나지 않고 줄기를 보고 갈 줄 아는 마음의 안정이 오기 시작했다. 삶을 비관하던 우울증도 없어져 갔고, 긍정적이고 능동적인 성격으로 변모해 갔다.

지금까지 갖고 있던 대인관, 생활관, 인생관, 사회관, 국가관, 세계관 등이 서서히 방향을 틀면서 희미하나마 뚜렷한 내 나름대로의 철학이 서 가고 있었다. 확실히 사람이 달라져 가고 있었다. 그 모든 증세와 고통이 서서히 사라져 가기 시작했다. 그리고 스트레스도 자연스럽게 극복되어 갔다.

내 모든 '앎'들은 진정 진리(眞理)였다. 그 '앎'들은 하늘이 나에게 내려 준 계시(啓示)였다. 나는 그 계시를 따라 꾸준히 실천의 길을 걸었고, 그 동굴을 빠져나올 수 있는 직전(直前)에 있게 되었다. 그 계시의 길을 따라 그 캄캄한 동굴에서 꿈에도 그리던 내 본래의 영토로 빠져나오기 위해, 출구를 향하여 발을 내딛기 시작했다.

나는 계속하여 그 '앎'들을 실천해 나간 끝에 마침내 그 동굴을 빠져나왔다. 내 본래의 영토인 천지자연(天地自然)에 두 발을 굳게 딛고, 우뚝 서 있는 내 본래의 모습인 평범·보통 인간인 나 자신을 보게 되었다. 하늘은 결코 나를 버리지 않았다. 하고자 하는 자에게, 살고자 하는 자에게 길을 가르쳐 주었고, 스스로 돕는 자를 결코 저버리지 않았다.

저 멀리 수평선에서 붉은 해가 힘차게 솟아오르는 것이 보였고, 나는 그 붉은 해를 향해 심호흡을 하고 우렁찬 일성(一聲)을 터트렸다. 그것은 재탄생(再誕生)을 알리는 고고(呱呱)의 일성이었다.
그리고 저 멀리 수평선에서 환한 웃음을 띤 원식이와 두식이의 얼굴이 붉은 태양과 함께 나에게 다가오고 있었다.

뒷말

나는 책을 낸 후, 서울 서초구 반포동에 살고 있으며, 구미주 (歐美洲) 지역 관광객을 유치하는 여행사를 차리고 현재까지 운영하고 있다.

그간 국내 입양 기관과 협력해 해외 입양아 모국 방문단 프로그램을 기획, 구미주 지역으로부터 많은 입양아·양부모를 유치했으며, 한국에 사는 생부, 생모, 형제자매, 친척 등 혈연을 찾아 만나게 하는 등 해외 입양아 뿌리 찾기 운동에 적극 참여해 왔다. 또한, 구미주 지역 일반 관광객을 유치하는 인바운드 여행업도 활발히 하고 있다.

두 아들 원식·두식이는 네덜란드에 입양되었으며, 양부모와 연락이 되어 나와 아내는 서너 번 네덜란드를 방문해 양부모와 두 아들을 만났다. 그리고 두 아들도 양부모와 함께 한국에 여러 차례 다녀갔다.

현재 큰아들은 네덜란드에서 언더그라운드 가수로 활동하고 있고, 작은아들은 네덜란드 대학에서 IT 분야를 전공하고 네덜란드에서 그 분야 회사에 다니고 있다. 수시로 전화도 하고 이메일로 연락을 주고받고 있다.

아내는 서울 서초구 반포 본동에 미장원을 차리고 현재 운영하고 있다.

평범한 것들에 대한 사랑

초판 1쇄 발행 1988년 3월 10일
개정판 초판 1쇄 발행 2018년 12월 27일
지은이 정영삼
펴낸이 정영삼
펴낸곳 샘 출판사
등록번호 제2009-000162호
등록일자 2009년 9월 22일
주소 서울특별시 서초구 사평대로53길 80, 303호 (반포동)
전화 02-542-8606 **팩스** 02-542-8607
이메일 krcystvl@naver.com

© 정영삼 1988

ISBN 979-11-965691-0-5 (03810)

이 도서의 국립중앙도서관 출판예정도서목록(CIP)은 서지정보유통지원시스템 홈페이지(http://seoji.nl.go.kr)와 국가자료공동목록시스템(http://www.nl.go.kr/kolisnet)에서 이용하실 수 있습니다. (CIP제어번호:CIP2018041253)